Krank nennen das die Ärzte, diese Sucht nach Nähe, diesen Hunger, sich geliebt zu fühlen, oder zumindest gebraucht. Weswegen Sissi gerade mit diesem ekligen, fetten Typen auf ein schäbiges Hotelzimmer gegangen ist. Doch wenn das Leben zum Verrücktwerden ist, stürzt man sich besser hinein. Und deshalb rennt Sissi los, immer mit ihrer Fantasie-Bazooka bewaffnet, denn überall lauern Monster – etwa in Gestalt ihrer Mutter mit dem glasigen Blick oder ihrer Großmutter mit der eisernen Hand, die Sissi unermüdlich vor Serienkillern, Kinderschändern und anderem warnt. Solche Bilder fressen einen auf, und deshalb schaltet Sissi auf Schnellvorlauf und bannt die Flut der Bilder, indem sie in sie hineinschlüpft.

Marie-Sissi Labrèche wurde 1969 geboren und lebt als Schriftstellerin und Journalistin in Montreal. Sie war Sängerin und Texterin der Indie-Rockband *Sylph* und studierte Literatur an der Université de Québec. Für *Borderline* erhielt sie den großen Preis von *Radio-Canada*. Im Berliner Taschenbuch Verlag erschien zuletzt ihr Roman *Er* (2006).

Marie-Sissi Labrèche

Borderline

Aus dem Französischen (Québec)
von Hinrich Schmidt-Henkel

Berliner Taschenbuch Verlag

Januar 2004
2. Auflage Januar 2007
BvT Berliner Taschenbuch Verlags GmbH, Berlin
Die kanadische Originalausgabe erschien unter dem Titel
Borderline bei Les Éditions du Boréal
© der deutschen Ausgabe: Verlag Antje Kunstmann, München 2002
Umschlaggestaltung: Rothfos & Gabler, Hamburg
unter Verwendung eines Bildes von © Skraastad/Justin Winz
Gesetzt aus der Palatino durch psb, Berlin
Druck und Bindung: Clausen & Bosse, Leck
Printed in Germany · ISBN 978-3-8333-0015-8

www.berlinverlage.de

Für André Carpentier und
für Marie-Anne Naud, meine Großmutter

Prolog

So weit ich zurückdenken kann, hat meine Großmutter mir immer dummes Zeug erzählt. Alles mögliche dumme Zeug. Wenn ich ihr auf die Nerven ging, dann sagte sie zum Beispiel immer: *Wenn du nicht lieb bist, kommt ein Kerl durchs Fenster und vergewaltigt dich* oder *Ich verkaufe dich an einen bösen Mann, der mit weißen Mädchen Handel treibt* oder auch *Ein Mörder kommt und schneidet dich mit einem Skalpell in lauter kleine Stücke, willst du das?* Als ich vier war, erzählte mir niemand was vom schwarzen Mann oder dem Sandmännchen, nur von Serienmördern.

Ja, wirklich ... alles mögliche dumme Zeug, das mir total das Hirn verkleistert und dafür gesorgt hat, dass ich mich fühlte wie der letzte Dreck. Darum habe ich bis heute Angst vor allem Möglichen: vor anderen Menschen; vor öffentlichen Räumen; vor geschlossenen Räumen; vor Kühen, weil die so groß sind (von Walen ganz zu schweigen); davor, abends nach neun allein vor die Tür zu gehen; vor Spinnen und ihren langen Beinen; vor Tausendfüßlern und ihren tausend Füßen; vor Schuhen mit Absätzen auf schiefen Ebenen; vor inkompetenten Psychologen; vor allzu kompetenten Psychologen; vor öffentlichen Verkehrsmitteln und privaten; vor Umzügen; vor Bettlern, die mit blutendem Schorf rumlaufen; vor Skins, die einem an Kreuzungen mit ihren Schwämmen auflauern, um einem die Windschutzscheibe zu waschen, auch wenn man gar keine hat; vor Ausländern, die einen Kiosk betreiben und nichts als Bahnhof verstehen, wenn man nur Streichhölzer haben will; vor lauten Geräuschen oder wenn nachts der Fußboden knirscht; vor Formularen, die ich ausfüllen, und Rechnungen, die ich bezahlen soll; vor der Regierung mit ihren Krakenarmen; vor allzu starken Drogen, nach denen man auf allen Fernsehkanälen den *Planet der Affen* sieht; vor halb durchgebratenem, noch blutigem Hackfleisch; vor Kartoffelpüree aus dem Beutel; vor Gespenstern ohne weißes Laken; davor, wenn ich mich beim Telefonieren verwähle; vor grottenhässlichen Vergewaltigern, grottenhässlichen Mördern, grottenhässlichen Terroristen, die sich als Muttis verkleiden; vor Adern im Hirn, die ohne jede Vorwarnung platzen; vor Streptokokken, diesen hungrigen Pacmans, und Aids, dieser Hure von Krankheit. Aber am allermeisten, mehr als vor allem anderen, habe ich Angst, nicht geliebt zu werden. Also mache ich die Beine breit, um den Himmel zu sehen oder ein kleines Stückchen Paradies. Ich mache die Beine breit, um zu vergessen, wer ich bin, ich mache die Beine breit, um zu funkeln wie ein kleiner Stern. Ich liebe mich so wenig, da kann ich ebenso gut die Beine breit machen für alle, die aussehen, als würden sie mich wenigstens ein bisschen lieben.

1   Cinderella

Open up my legs / I will see the sky /
Floating in this space / Floating in this room /
This hospital is cold / I deceive every one /
But my salvation is close.

Sylph, ›Charlatan‹

Rue Sherbrooke.
Ich liege auf dem Bett in einem Zimmer des Hotels Château de l'Argoat. Ich liege auf dem Rücken, ganz gerade. Meine Hände liegen gefaltet unter den Brüsten wie bei den Toten im Sarg. Ich würde tatsächlich aussehen wie eine Tote im Sarg, wenn meine Beine nicht wären. Ich habe die Beine weit gespreizt, so weit, dass sie fast neben meinen Ohren landen. Ich habe mich gerade ficken lassen.

Natürlich könnte ich sie jetzt wieder nebeneinander legen, meine weit gespreizten Beine, damit mein Schlitz nicht so offen daliegt, aber das lasse ich. Ich weiß nicht, warum. Eigentlich weiß ich gar nichts. Ich weiß nicht mal, welche Nummer das Zimmer hat, in dem ich liege. Als wir reinkamen, hab ich zu Boden geschaut. Ich hab mich dermaßen geschämt, dass ich nicht höher gucken konnte.

Ich dachte, dass dem Typen am Empfang genau klar war, was wir die ganze Nacht lang treiben würden, Monopoly spielen jedenfalls nicht, sondern jede Menge Schweinereien, das wusste er, und das widerte mich an. Vor allem, weil ich mit Éric zusammen war; Éric ist total hässlich, total fett, total verbaut und total klein. Der Kerl hinterm Tresen hat sich wahrscheinlich all die Grässlichkeiten vorgestellt, die heute Nacht zwischen Éric und mir passieren würden: seine fette Zunge tief in meinem kleinen Mund, seine schwitzigen fetten Hände, wie sie meine zarten Nippel bearbeiten, seinen fetten Wanst an meinem kleinen Arsch, wenn er mich von hinten nimmt.

Nein! Das kann nicht wahr sein! Nicht die hübsche Blondine mit diesem ..., diesem Monster!? Das muss ein Callgirl sein. Die kann das nur für Geld machen! – das dachte er wahrscheinlich, der Typ am Empfang.

Ich hätte ihn am liebsten angeschrien:

Ja! Ich bin eine Nutte! Aber nicht so eine, wie du denkst. Keine Nutte wie im Fernsehen oder an der Ecke von der Rue Champlain! Ich mach das nicht für Geld, Scheiße! Ich mach das, damit ich ruhiger werde, Scheiße! Aber das kannst du nicht verstehen, du bist ja auch nicht besser als der Fettwanst hier, der mich nachher durchfickt. Kein bisschen besser. Wenn du könntest, würdest du mich genauso ficken, dabei bist du so blass wie ein Teller chinesische Nudeln! Ja, du würdest mir am liebsten dein

Ding überall reinstecken und mich bis zu den Ohren durchvögeln, wenn du nur könntest, du verfickter Traumtänzer!

Das hätte ich ihm gern ins Gesicht geschrien, dem Typen am Empfang, das und wer weiß noch was für dummes Zeug, aber ich hab die Klappe gehalten, wie meistens, wie immer, und hab lieber nichts gesagt. Es ist sowieso besser, ich halte die Klappe, denn wenn ich was sage, dann immer nur böse Sachen, böse Sachen, die alle Leute ärgern, böse Sachen, die meiner Mutter immer so viel Kummer gemacht haben ... Weiß der Teufel, wie oft meine Großmutter mir damit die Ohren voll gemeckert hat! *Du erzählst immer nur dummes Zeug, sonst nichts. Du bist nur dazu gut, dummes Zeug zu erzählen, das deiner Mutter Kummer macht, sonst taugst du zu nichts!* Ja, dazu bin ich gut!

Ich liege auf dem Bett in diesem tristen Hotelzimmer und flenne. Ich flenne wie eine Blöde, ich flenne mir die Augen aus. Meine Tränen fliegen los wie Kugeln aus einem Maschinengewehr, als wollte ich die Menschheit mit meinem Schmerz durchbohren. Ich mach alles nass und dreckig dazu. Meine billige Wimperntusche läuft mir übers Gesicht und malt komische Formen auf die Haut, Formen, die auf meinen Wangen das Gewitter malen, das in meinem Kopf herrscht. Denn in meinem Kopf ist ein Gewitter. Ja, ja! Ein schweres Gewitter mit Wind, Regen und sogar Orkanen. Ich brauch bloß die Augen zuzumachen, schon legt hinter meinen Lidern El Niño los, El Niño mit seinen

Millionen Dollar Schäden, seinen Tausenden Toten und ganzen verwüsteten Landstrichen. Ich ekle mich selber an. Mich ekelt total an, was ich hier mache. Ich weiß nicht, warum ich mich darauf eingelassen habe, hierher zu kommen und mit einem Kerl zu vögeln, den ich nicht mal liebe, na, ich weiß nicht ... Na gut, ein bisschen. Seine Augen strahlen so, wenn er mich anschaut ... Er läuft mir nach, seit Jahren schon, da hab ich gedacht: *He! Was macht dir das schon aus, wenn du mit dem fickst? Oder? Schließlich hast du schon welche rangelassen, die haben noch viel beschissener ausgesehen!* Ja, welche, die noch viel beschissener ausgesehen haben als er ... Und wenn er mich anschaut mit so Kulleraugen, wie Billardkugeln, dann fühle ich mich, als würde er mich brauchen. Sowieso: Immer, wenn ein Mann mich mit so hungrigen Schafsaugen anschaut, denke ich, er braucht mich, und schon mache ich die Beine breit. Der reinste Reflex ist das, wie die Rorschach-Tests bei meiner Mutter. Meine Mutter war verrückt. Eine echte Verrückte mit starren Augen, total durchgeknallten Aktionen und tausend Pillen, die sie jeden Tag nehmen musste. Eine echte Verrückte mit einem echten ärztlichen Attest, gestempelt und alles, und sie musste alle naslang diese Rorschach-Tests machen, so oft, dass sie nur einen Fleck zu sehen brauchte, gleich hieß es: *Eine Tulpe! Ein Elefant! Eine Wolke! Ein herausgerissener Uterus! Chinesen beim Reisessen!*

Also, als Éric mich mit so hungrigen Schafsaugen angeschaut hat, da hab ich gedacht, na gut, spiele ich eben einen Abend lang sein Aschenputtel, seine Cinderella. Ich hab mein schönstes Kleid angezogen und war die gute Fee. Eine Nacht lang sollte er ins Zauberland dürfen. Ich hab mir eine disneymäßige Mühe gegeben, es hätte ausgereicht, um einen Frosch in einen Märchenprinzen zu verwandeln. In meinem schönsten Kleid hab ich mitten im Zimmer gesessen, auf einem alten Holzstuhl, hab mir den Slip ausgezogen und die Beine breit gemacht, wie Sharon Stone in *Basic Instinct*. Das hatte ich schon so lange mal versuchen wollen! Na ja, hat ja auch geklappt. Éric hat losgelegt wie der kleine Fettwanst im Film. Ist wahrscheinlich genetisch, so ein Klischee. Seine Augen sind so was von groß geworden, der reinste Special Effect. Ich bin mir vorgekommen wie in einem Werbespot für *Molson Dry*, wenn die Darsteller so tun, als hätten sie das beste Bier der Welt entdeckt. Jawoll, gottverdammt! So Augen will ich wieder sehen. Immer wieder. Das ist mein Zaubertrank, mein Brennstoff.

Ein kleiner, wohl kalkulierter Ruck mit der Schulter, und der Seidenträger rutschte herunter und legte die eine Brust frei. Éric konnte sich nicht mehr zurückhalten, er kam mit einem Satz auf mich zu wie ein Akrobat vom Cirque du Soleil, aber ohne Trapez und Netz.

– Bleib, wo du bist, Éric. Beweg dich nicht.

Nein, er durfte sich auf keinen Fall bewegen, nicht schon jetzt, er sollte so lange dasitzen und mich anschauen, wie es nur ging. Mit seinen Funkelaugen auf mich schießen, seinen Augen, die mich schöner machten und mich vergessen ließen, wie fett und hässlich er ist und wie ausgerastet ich bin. Immer noch ganz auseinander, in meinem Kopf wie im Bett.

– Oh! Sissi! Sissi! Du bist so schön! Oh! Oh! Oh! Und deine Haut ist so weiß ... Oh! Oh! Oh!
– Hör auf mit dem ewigen »Oh! Oh! Oh.«. Du klingst ja wie der Weihnachtsmann. Verschon mich mit diesem »Oh! Oh! Oh!«, Éric, und hör her! Du machst jetzt alles genau so, wie ich es dir sage. Alles, alles, alles, ja?
– Ja.
– Also, jetzt legst du dich erst mal aufs Bett, und dann siehst du mir einfach zu, sonst nichts.

Ich stand auf und legte eine Kassette in den Player, den ich immer mit mir rumschleppe. Ohne Musik bin ich ungenießbar. Mein Leben läuft mit Hintergrundmusik. Für jeden Ort, für jeden Menschen eine andere. Jetzt legte ich etwas ein, das zu Schwerarbeit passt: Industrial-Music. Striptease zur Musik von *Ministry*. Muss schon sein! Langsam wurde ich aber auch ganz schön fickerig! Seine Augen und der Wein. Wir hatten ganz schön was geschluckt. Mieses Zeug vom Kiosk, aber egal, es geht gut rein. Zeigt einem das Leben in Fujicolor, sogar ein Stuhlbein hat dann was. Ich hatte mindestens drei Gläser Roten getrunken, eins nach dem anderen. *Schnell, schnell, noch einen Schluck, Alte*, dachte ich, jetzt saß ich schon auf ihm drauf, *damit es wirkt*. Eins, zwei, drei, schon war's so weit. Der Alkohol wirkte auf mich wie der Äther beim Zahnarzt. Nur dass ich mir hier keinen Zahn ziehen lassen wollte, nur fast.

Warum tu ich das?, dachte ich, während ich auf ihm rumzappelte. *Warum hab ich mich schon wieder in die Scheiße geritten? Jedes Mal wieder, mit jedem einzelnen Kerl? Scheiße, was bin ich für eine blöde Kuh! Scheiße, ich dummes Huhn! Scheiße! Scheiße! Scheiße!*

Das Weinglas in der Hand, schnell, auf ex. Das Kleid auf den Schenkeln hochgeschoben. Meine Arme, die in der Luft herumschlenkerten, landeten auf seinem Pullover, ich zog ihn hoch, um meine Brüste an seinem riesigen, von Schwangerschaftsstreifen überzogenen Wanst zu reiben. Bäh! Noch ein Glas. Schnell, schnell. Ja, geschafft. Jetzt war ich wirklich betäubt. Ich fing an, ihn schön zu finden und mich wohl zu fühlen.

In dem Moment hat Éric angefangen rumzufummeln, und ich bekam Lust, ihn umzubringen. Ich krieg jedes Mal Lust, einen Typen umzubringen, sobald er die Kontrolle übernimmt, dann will ich ihm ein Brotmesser in den Leib stoßen und im Zickzack drin rumfahren. Kurz überlegte ich, ob so ein Fettwanst mehr blutet, ob er wegen der Fettschichten schwerer zu massakrieren ist oder ob die Luft rauskommt und Éric im Zimmer rumschießt wie ein losgelassener Luftballon. Pssssssuuuuuuuuuuuuuuuu! Ich musste lachen bei der Vorstellung, wie Éric im Zimmer hin und her fliegt und immer dünner wird, aber gleich war ich wieder still. Er zog mir mein Kleid über den Kopf. Ich machte die Augen zu und ließ ihn mich anfassen.

Er war sanft zu mir. Sehr sanft. Seine Hände wie Watte auf meiner Haut. Er fasste mich kaum an, streifte mich nur ganz leicht. Er hatte Angst, was falsch zu machen, das konnte ich spüren, also versuchte er's so lieb, wie er nur konnte. Ich mag das, wenn sie aufpassen. Das wirkt so, als wäre ich ihnen wichtig, als hätten sie Angst, mich zu verprellen, dass ich wegrenne, in ein anderes Land, in eine andere Galaxie. Ich denke gern, dass ich den Leuten wichtig bin. Meiner Mutter bin ich nie wichtig gewesen, hab ich immer gedacht. Ich hab immer gedacht, wenn sie so oft in einer Gegend ihres Kopfes verschwindet, wo ich nicht hinkann, dann, weil ich ihr nicht wichtig bin. Wochenlang konnte meine Mutter so sein, saß tief in ihrem Kopf da, ihre blauen Augen starr auf mich gerichtet; ausdruckslos und voll mit der Depression waren diese Augen und machten mich ganz krank. Wochenlang saß sie auf dem Schaukelstuhl, ohne zu schaukeln, und starrte mich an. Ohne zu reden. Kein Wort. Stille. Nur das Summen des Kühlschranks, des Wasserboilers von dem Herrn über uns, das Kritzeln meiner Buntstifte auf den Blättern, die überall in der Küche rumlagen. Aber kein einziges gutes, liebes Wort aus ihrem Mund. Nichts. Ich saß da, auf dem Boden, zu ihren Füßen, und erzählte ihr mit meinen Puppen und meinen *Fisher-Price*-Männchen Geschichten, Geschichten, die sie nicht mal kapierte wegen ihrer verdammten kaputten Hormone, ihrer verdammten verfaulten Hormone.

Sanft legte Éric die Lippen um meinen Nippel und fing an zu lecken. Ich spürte nichts, ich hatte ihn jetzt schon satt. Ich glaubte, weil ich kein Tönchen hören ließ, würde er begreifen, dass er ein bisschen rangehen sollte. Aber nein! Er blieb so sanft. Und noch einmal seine allzu sanfte Zunge, und noch einmal. Immer noch zu sanft. Ich mag es nicht, wenn ich den Mund aufmachen und ihnen sagen muss, was sie tun sollen. Mit der Kommunikation im Paar kenne ich mich nicht so besonders aus. Das einzige Modell, das ich mitgekriegt habe, waren meine Mutter und mein Stiefvater, und das beschränkt sich auf zwei Sätze: *Verpiss dich, alter Sauhund! – Verreck doch, du verrückte Schlampe!* Was erzähle ich denn? Das stimmt ja nicht mal. Ich hab es mir gerade ausgedacht. Ich rede die ganze Zeit dummes Zeug, die reinste Strafe! Mein Stiefvater hätte mit meiner Mutter nie so geredet. Oh nein. Mein Stiefvater sprach mit der Wand, denn da fühlte er sich verstandener. Und meine Mutter hätte auch nicht so was zu meinem Stiefvater gesagt, nein. Meine Mutter war der freundlichste Mensch der Welt, also bitte. Alle Freundlichkeit der

Welt in einer B-Bombe, die dem ersten Besten, der vorbeikommt, in die Fresse explodiert, oder besser, der ersten Besten, also mir. Ich geh vorbei und peng!, die Bombe platzt mir in die Fresse. Da hast du's! Was musst du auch die Nase in was reinstecken, das dich nichts angeht, kleiner Nichtsnutz. Jetzt bin ich infiziert und dazu verdammt, meine Mutter in meinen Zellen mitzuschleppen, in Ewigkeit, amen.

Éric lutschte mir immer noch zu sanft am Nippel rum, und jetzt reichte es allmählich, jetzt war ich sauer.

– Éric, bisschen fester, mach schon.

Na endlich. Er tat, was ich ihm gesagt hatte, aber mein Spaß war mir zur Hälfte verdorben, weil ich den Mund hatte aufmachen müssen und der Klang meiner Barbie-Stimme mich wieder daran erinnert hatte, dass ich hier war, in einem tristen Hotelzimmer. Mit einem kleinen, sauhässlichen Fettwanst, der es mir gleich besorgen wollte. *Wein, schnell, schnell!* Als ich gerade trinken wollte, nahm Éric mir das Glas weg und schüttete den Wein auf mich. Schade, fand ich, so eine Verschwendung. Und in Bangladesch verhungern sie zu Tausenden. Dann fing er an, den Wein aufzulecken. Tja, nicht gerade originell. Hat man schon in x Filmen gesehen, aber geil ist es doch auch, vor allem, wenn zugleich so ein kleiner Wurstfinger in meinem Bauch rumbohrt. Ich schloss die Augen. Das war eigentlich richtig gut. Fast so gut wie damals, als ein Lehrer es mir gemacht hat, in einem leeren Klassenzimmer im Gymnasium von Vieux-Montréal.

Mein Kopf baumelte von links nach rechts, von rechts nach links. Ich war endlich komplett betrunken und fühlte mich pudelwohl, aber das hat nicht lange gedauert. Éric fing an, ihn mir reinzustecken. Ein Riesending wollte in meinen Bauch. Meine Vagina fing mit blödsinnigen Kontraktionen an. Das macht sie immer, wenn einer zu plötzlich reinwill. Sein fetter Bauch und die Kontraktionen hinderten Éric daran, reinzukommen, also drehte er mich kurzerhand um. Ich glaube, in dem Moment war er von seiner Lust überwältigt. Ich hockte plötzlich auf allen vieren da. Und zack! Ein Stoß. Er rutschte mit einem Ruck in mich rein, bis zum Anschlag. Ein Schrei. AAAAAHHHHH! Mir war, als würde ich innerlich zerreißen. Es brannte furchtbar. Trotz meines Schreis fing er an zu vögeln, raus, rein, raus, rein, raus, und zwar heftig. Er war taub vor Lust. Im Zimmer hätte ein Flugzeug landen können, er hätte es nicht gehört. Wahrscheinlich hatte er es seit Jahren nicht mehr gemacht, so wild und besessen führte er sich auf. Mir war, als würde ein Wasserbett mich ficken, weil er so schwabbelte. Und dann dieses Geräusch: Flotsch! Flotsch! Flotsch! Es brannte zwar noch immer, aber mir gefiel's, vor allem, weil sein Schwanz riesengroß war, groß wie ein Dampfer. Ich fühlte mich, als wäre ich ganz ausgefüllt, als wäre ich bewohnt wie eine Zweieinhalb-Zimmer-Wohnung, als wäre ich nicht mehr allein in meinem Keller. Für ein paar Minuten war die Leere meiner dreiundzwanzig Lebensjahre verschwunden und verflogen. Keine Leere voller Schweinereien mehr. Keine verrückte Mama mehr, keine Ängste, keine keifende Großmutter, kein Ärger. Nur noch ein Schwanz und ich. Aber weil alles Schöne ein Ende hat, hat Éric angefangen, ganz komisch zu schnaufen. Das Wasserbett verwandelte sich in einen Höhlenmenschen. Grunz! Grunz! Grunz! Dann hat er ihn rausgezogen und auf mich abgespritzt. Mir den ganzen Rücken voll. Sogar in meinen Haaren ist was gelandet, und das hasse ich. Dann sehe ich aus wie ein Abtropfsieb, aus dem die Spaghetti raushängen.

– Entschuldige bitte, ich hab's nicht zurückhalten können. Entschuldige bitte, weißt du, ich … also … es ist schon länger her, dass … dass ich das gemacht hab, sagte er beschämt.
– Ach, das macht doch nichts. Schon gut.

Ein Kuss auf die Stirn, und husch! in die Heia.

– Sissi, du hast mich kein einziges Mal geküsst.

Muss er jetzt damit anfangen.

– Aber ja doch, ich habe dir eben einen großen Kuss auf die Stirn gegeben.

– Nein, ich meine einen echten Kuss auf den Mund … mit der Zunge.
– Ich habe eine Fahne, weißt du … nach dem ganzen Wein, den ich reingekippt habe …
– Ich will aber, dass du mich küsst, oder magst du mich nicht? Das ist es, was? Komm schon … küss mich.

Das reinste verliebte Walross, das da gurrte wie eine Taube im Frühling. Es ist immer das Gleiche: Die Dicken, die Spargeldünnen, die Hässlichen und Entstellten, wenn man denen den kleinen Finger gibt, nehmen sie gleich den ganzen Arm. Die sehnen sich derart nach Nähe, wenn sie wen kriegen, dann lutschen sie ihn in zwei Minuten aus. Aber diese Zitrone hier hatte keinen Saft mehr, die hatte nur noch Säure. Und wenn der da nicht aufhörte, meine Geduld auf die Probe zu stellen, dann würde ich ihm meine ganze Galle ins Gesicht spucken. Hübsch wäre das nicht, denn ich beherrsche mich schon eine ganze Weile.

Also hab ich ihn mit meinem schlimmsten Blick bedacht, und das war schon was. Besonders zu beeindrucken schien es ihn aber nicht, denn er machte fröhlich weiter. *Küss mich … küss mich auf den Mund*, sagte er und reckte mir den kleinen Schlitz entgegen, der sein Mund sein soll. Widerlich. Seine Titten sind so groß wie meine, aber einen Mund hat er nicht. Der verschwindet völlig in seinem Gesicht, das nur aus prallen Backen besteht. Ich hasse ihn. Und hatte nur noch mehr Lust, ihn umzubringen.

Ich weiß nicht, wie ich das geschafft hab, aber ich machte die Augen zu und küsste ihn. Die ganze Zeit über dachte ich an das Messer in meiner Tasche. Stech ich ihn ab? Stech ich mich ab? Stech ich alles hier im Zimmer ab?

Ich spürte eine Hand zwischen den Beinen. Oh nein! Nicht schon wieder. Ich musste mir was einfallen lassen, damit er wegging und mich ausruhen ließ. Ich musste allein sein, sonst würde ich alles kurz und klein schlagen.

– Éric, später, bitte. Ich sterbe vor Hunger. Kannst du uns nicht was zu essen holen? Na?

Da würde er sicher nicht Nein sagen, schließlich frisst er die ganze Zeit. Kein Wunder, dass er fett ist. Er frisst nicht nur seine Gefühle in sich rein, er frisst die Gefühle der ganzen Erde seit Anbeginn der Zeiten. Er frisst Gefühlskuchen, Gefühlsschnittchen, Gefühlstorten, Gefühlspasteten, Truthähne mit Gefühl gestopft ...

– Bitte, sag Ja. Ich glaube, ich würde gern eine Lasagne essen. Wär das nicht was?
– Ja, du hast Recht. Ich hol eine, aber du rührst dich nicht vom Fleck, ja? Versprichst du mir das?
– Nein, ich rühre mich nicht vom Fleck.

Er stand auf und zog sich vor meinen Augen an. In aller Ruhe und Gelassenheit. Zu gelassen für meinen Geschmack. Ein bisschen machte er sogar eine Stripperin nach, aber eine umgekehrte, eine Stripperin, die sich anzieht. Er wackelte mir mit dem Arsch vorm Gesicht rum und warf mir über die Schulter kokette kleine Blicke zu wie so ein junges Ding. Und ich sah ihn die ganze Zeit an, als fände ich das entzückend, als würde ich sagen: *Oh! Éric ... Du bist ja so toll! Du bist ja so dies! Du bist ja so das! Du bist der Mann meines Lebens! Was wäre ich bloß ohne dich?* Ich setzte mein unschuldigstes Gesicht auf, das alle glauben machen kann, ich würde es ernst meinen; eine Art reines Gesicht, durchscheinend mit sehr großen, glänzenden Augen, einem glückseligen Lächeln, eingerahmt von den Haaren, die ich mir hinter die Ohren gestrichen habe. Wie der Zwerg Schlafmütz in *Schneewittchen und die sieben Zwerge*.

Der arme Éric, wenn er geahnt hätte, wie sehr ich ihn in diesem Augenblick hasste. Ich hasste ihn bis zum point of no return, so sehr, ich hätte vergessen können, dass er ein menschliches Wesen ist. Diesen großen, weichen Wanst, dieses bescheuerte Grinsen, ich hasste ihn wie eine Verrückte! Am liebsten hätte ich ihn gefesselt, ihm den Schwanz und die Eier abgeschnitten und sie ihm in den Hintern gestopft, hätte ihm die Augen ausgekratzt und ihn damit gefüttert, ohne Salz und Pfeffer, hätte ihm den dicken Bauch zerschnitten, um die Schwangerschaftsstreifen noch etwas tiefer zu machen, hätte ihm Fritten in die Nase gestopft und einen alten dreckigen Strumpf in den

Mund und zugesehen, wie er langsam erstickt, er läuft blau an, die Augen quellen ihm aus den Höhlen, sein Körper wird schlaff und immer schlaffer und hängt irgendwann überm Stuhl wie der Scheiblettenkäse auf überbackenem Toast. Wenn er gewusst hätte, was ich in diesem Moment dachte, er wäre weggerannt, raketenschnell und bis ans Ende der Welt.

– Ich komme gleich wieder. Es dauert nicht lange. Du wartest auf mich, ja?
– Natürlich, Éric. Natürlich.

Jetzt sind es schon gut zehn Minuten, dass er weg ist. Genug Zeit, um an alle möglichen hypernegativen Sachen zu denken und mir sämtliche Tränen aus dem Leib zu weinen. Jetzt bin ich bereit. Ich gehe. Ich verschwinde aus Érics Leben. Aus seinem und dem von allen unseren gemeinsamen Freunden. Ich habe sowieso mit der ganzen Bande geschlafen und jeden Einzelnen schwören lassen, es niemandem zu erzählen. Aber ich weiß genau, Éric wird es nicht für sich behalten können. Der erlebt sonst nie was, und er liebt mich dermaßen, der wird sein Glück einfach mit aller Welt teilen wollen. Ich kann ihn schon hören: *He, Jungs, ihr habt ja keine Ahnung, was ich gemacht hab! – Nein! – Ich hab mit der Frau meines Lebens geschlafen. – Wer ist das? Wer? – Sissi. – Nein! – Ja!!! – Nein! – Ja!!! – Ähh …*

Ich auch, sagt Gabriel. *Ich auch*, sagt Dany. *Ich auch*, sagt Bernard. *Ich auch*, sagt René. *Ich auch*, sagt Tristan. *Ich auch*, sagt Daniel. *Ich auch*, sagt André. *Ich auch*, sagt Tony. *Ich auch*, sagt Jérôme. *Ich auch*, sagt Sacha. *Ich auch*, sagt Isabelle. Und dann fangen sie alle an, über mich zu reden, die reinste Gruppentherapie über ihr Leben mit Sissi, ihre Gefühle für Sissi, ihre Nacht mit Sissi, ihren Orgasmus mit Sissi. Ohne Ende! Ich bin blamiert bis auf die Knochen!

Ich muss hier weg, bei denen hab ich keinen Blumentopf mehr zu gewinnen. Sie werden rausbekommen, dass ich eine Schwindlerin bin, eine Fastnachtsschwindlerin, eine maskierte Schwindlerin, eine Schwindlerin, die sich für Cinderella hält und denkt, sie kann sich selber mit dem Zauberstab der anderen magische Nächte bereiten. Ach übrigens, Éric, ich lass dir meinen Slip hier wie Cinderella den Schuh. Zur Erinnerung. Helfen wird er dir sowieso nichts, du kannst ihn allen Mädchen der Welt anprobieren und wirst mich trotzdem nicht finden: Er gehört meinem Ex.

2   Die Erfindung des Todes

Chateaugué ist tot. Sie hat sich umgebracht, die arme Idiotin, die arme Irre! Wenn sie das gemacht hat, um mich weich zu klopfen, dann war's vergebliche Mühe. Ich scheiß drauf! (...) Am liebsten würde ich lachen. Ich bin so müde wie ein gottverfluchter Clown.

Réjean Ducharme, ›*Le nez qui voque*‹

Ich bin elf und sehe *Die Nervensägen* im Fernsehen. Roger Giguère ist als Hofnarr verkleidet und versohlt Shirley Théroux mit einem Stock den Hintern. Ich sehe die Bilder, den Sinn begreife ich nicht. Ich habe große Schwierigkeiten, mich zu konzentrieren. In meinem Hals sitzt eine Art Kloß, ein Kloß, der immer weiter wächst, bald ist er so groß wie eine Wassermelone. Ich weiß nicht, ob ich lieber weinen oder kotzen will, alles ist so durcheinander. Außerdem schwimme ich in etwas Unwirklichem. Wenn ich vom Fernseher aufstehe und durch die Zimmer der Wohnung gehe, fängt alles zu kreisen an, als würde ich das Leben durch ein Kaleidoskop anschauen. Da sehe ich lieber solange fern. Wie lange? Ich weiß nicht. Meine Mutter hat sich umgebracht. Sie hat Lithiumcarbonat genommen, dazu Fevarin, Dalmadorm und Valium; all ihre Tabletten auf ein Mal. Dann hat sie laut gerufen: ICH LIEBE EUCH ALLE!

Komische Art, die Welt zu lieben.

In der letzten Zeit hat in der Wohnung der reinste Terror geherrscht. Ein Mordslärm: Meine Mutter schrie, mein Stiefvater weinte, und im Fernsehen kreischten die Leute, weil Pierre Marcotte kurz davor war, den Namen des Hauptgewinners im Elvis-Quiz bekannt zu geben. Ich wollte gern wissen, wer gewonnen hatte, seit Wochen verfolge ich das Quiz. Aber ausgerechnet da hat meine Mutter beschlossen, mit ihrem Leben und allem anderen Schluss zu machen. Meine Mutter hindert mich immer daran, tagaus, tagein fernzusehen. Meine Mutter ist ein Stock in den Speichen meines Fahrrads. Sie hat immer den besten Augenblick für ihren Quatsch abgepasst. So ist sie, meine Mutter, sie will immer sämtliche Aufmerksamkeit für sich, will ständig im Mittelpunkt stehen. Das Schlimmste ist, dass ihr das auch immer gelingt, sogar mit mir. Meine Mutter ist meine Zielscheibe. Ich schieße meine Krabbeltiere auf sie ab, meine Kakerlaken, meine Schnaken, meine Spinnen, alles auf sie. Meine Mutter ist mein Insektarium von Montreal. Ich bedecke sie mit Viechern, damit ich nicht sehen muss, wem ich später mal ähneln werde. Ich möchte ihr nicht ähnlich sehen und arbeite dagegen an. Alles, was sie mag, mag ich nicht. Alles, was sie tut, tu ich nicht. Ich will nicht sie sein. Njet. No. Non. Ich bin nicht sie.

– Schnell, Sissi! Tu doch etwas!, rief mein Stiefvater weinend. Ich kann nicht bleiben, deine Großmutter sagt sonst, ich hab sie gezwungen, die ganzen Pillen zu schlucken.

Meine Großmutter lässt keine Gelegenheit aus, um meinen Stiefvater fertig zu machen. Er ist ihr Punchingball. Ihr Sündenbock. Ihr Spucknapf. Sie wirft ihm alle möglichen Sachen an den Kopf: Wassergläser, Limoflaschen, Marmeladengläser, Stöcke, Steine, alles. Er ist ihre Lieblingszielscheibe. So hat jeder seine eigene! Sie schläft sogar mit einem Ziegelstein neben dem Bett. Wenn der irgendwann versuchen sollte, in ihr Schlafzimmer zu kommen, hat sie gesagt, dann erwartet sie ihn mit einem Ziegel und einer Handgranate. Die Handgranate hab ich aber nie gefunden.

Ich rief beim Notarzt im Hôpital Notre-Dame an. Ich weiß nicht, wie ich das geschafft habe. Ich kann mich an nichts erinnern. Eigentlich glaube ich, ein anderes Mädchen hat es für mich getan, nicht ich. Ein Mädchen, blond wie ich, hat mir zugelächelt und meine Hand genommen, um die Nummer zu wählen. Und geredet hat es auch für mich: *Guten Tag, ist da das Hôpital Notre-Dame? Ja, gut. Ich bräuchte bitte einen Krankenwagen, meine Mutter hat gerade Marilyn Monroe gespielt. Eine sehr gelungene Nummer. Wir haben alle geklatscht. Aber jetzt will sie die Rolle nicht mehr ablegen. Also schicken Sie bitte schnell einen Krankenwagen oder ein Kamerateam, denn ich möchte weiter fernsehen. Ich will wissen, wer im Elvis-Quiz gewonnen hat.* Und dann hat das Mädchen gesagt: *Komm, wir schauen zu, wer gewonnen hat.* Also haben wir weiter ferngesehen.

Ich hörte, wie die Tür auf- und wieder zuging. Lauter Männer kamen rein. Polizisten, Ermittler, Sanitäter, Ärzte. Ich glaub, so viele Leute sind noch nie in der Wohnung gewesen. Wie bei meinem Onkel Michel zu Weihnachten. Ein frohes Fest war es aber nicht, niemand lächelte, alle schauten drein wie Katastrophenopfer, es war ein katastrophales Fest. Ich ging nicht ins Schlafzimmer, wo meine Mutter war. Nein. Ich blieb vorm Fernseher und schaute *Die Nervensägen*. Ein Polizist kam zu mir. Er sagte Wörter, aber ich verstand sie nicht. Er strich mir übers Haar und lächelte. Ich konnte kurz seine Zähne sehen. Vorn war einer abgebrochen. Ich wollte mich ganz klein machen, in seinen Mund schlüpfen und mich auf seine Zunge setzen, damit er mich hoffentlich runterschluckte.

Eine Stimme sagte etwas: *Ihr Onkel kommt und kümmert sich um sie.* Die Stimme meiner Großmutter. Wo kam sie her? Soweit ich wusste, wollte sie eigentlich in die Stadt, fast den ganzen Tag lang Besorgungen machen. Stundenlang hatte sie zu tun. Meine Großmutter ist wie Gott. Sie ist überall zugleich. Allgegenwärtig. Wahrscheinlich sollte ich eher sagen, sie ist wie Göttin, denn auf alles, was männlich ist, hat sie einen Hass. Männer, sagt sie, sind allesamt Schweinehunde, die nur an sich selber denken: Sie schlagen ihre Frauen, saufen wie die Löcher, machen links und rechts Kinder und verspielen ihren Lohn. Wenn ich älter bin, dann werde ich meiner Großmutter widersprechen. Dann heirate ich alle Männer der Welt, nur um sie zu ärgern. Sie ärgert mich nämlich auch die ganze Zeit mit den *Raisin Brans*, die sie mir jeden Morgen vorsetzt. Iss das, das ist gut für den Darm, dann kannst du regelmäßig, sagt sie immer. Die Welt steht auf dem Kopf, alles geht schief, aber ich mache jeden Tag zur selben Zeit brav mein Häufchen. Und was hab ich davon?

Auf einmal leerte sich die Wohnung so schnell, wie wenn man die Klospülung zieht. Meine Mutter auf einer Bahre, alle Leute gingen mit ihr raus, mit ihr, meiner Zielscheibe. Mich ließen sie da sitzen, allein. Ich weiß nicht, wer beim Elvis-Quiz gewonnen hat. Ich weiß nicht, ob meine Mama tot ist. Ich weiß nicht, was aus mir werden soll. Der Fernseher ist aus, ich habe ihn ausgemacht. Es ist still. In der Bude ist kein Lärm mehr, nur mein knurrender Magen ist zu hören. Ich habe Hunger, aber ich werde nichts essen. Niemand ist da, um mir was zu essen zu machen, aber mein Bauch ist sowieso schon viel zu voll. In mir drin wohnt die Leere. Sie kriecht Schwindel erregend schnell in meine sämtlichen Zellen, schneller als der »Millennium Falke«, das Raumschiff in *Star Wars*. Ich liege im Wohnzimmer auf dem Boden, der Boden ist kalt, mein Rücken friert ein. Mir egal. Ich stehe nicht mehr auf. Ich will mich nicht mehr bewegen. Die Leere ist so was von schwer.

Später wache ich auf, ich liege in meinem Bett. Meine Großmutter wird mich ins Bett gebracht haben, oder mein Onkel. Ich kann mich nicht erinnern. Mein Gehirn ist Apfelmus. Als hätten sie mir die ganze Nacht lang auf den Kopf gedroschen. Töpfeklappern hat mich geweckt. Meine Großmutter macht so viel Krach beim Abwaschen. Sie macht den Abwasch wie eine rasende Furie.

Die ganze Nacht lang hatte ich Albträume, einen nach dem anderen. Gangster mit Elvis-Masken wollten mir an den Kragen, ich stand wie angenagelt da und konnte nicht weg. Gelähmt. Beine wie aus Beton. Lauter Blitze im Hirn. Zusammengeklebte Stimmbänder. Doch als ich die Augen aufmachte, so was von froh, dass ich diese verfluchten Träume los war, stand die Wirklichkeit schon mit ihren Stiefeln aus Angst da und wartete auf mich. Sofort kamen die Bilder vom Abend zuvor wieder hoch: Meine Mutter, nackt unter ihrem Morgenrock, wie sie ICH LIEBE EUCH ALLE schreit, mein weinender Stiefvater, der Polizist mit dem abgebrochenen Zahn, die leeren Pillendöschen auf dem schmutzigen Küchentisch. MAMA, BIST DU JETZT TOT, ODER WAS?

Schnell in die Küche.

– Omi! Omi! Mama, bist du tot?

Meine Großmutter wendet den Blick nicht von dem schmutzigen Abwasch und sagt eine sterbenslange Zeit gar nichts; ich sehe solange drei Kakerlaken zu, wie sie in der alten Kaffeemaschine rumklettern, die ist ihr Hochhaus. Großmutter antwortet nie sofort. Sie lässt mich warten. Also warte ich, so gut ich kann. Im weißen Nachthemdchen, barfuß auf dem eiskalten Linoleum, warte ich gründlich. Meine Haut wird ganz blau, ich sehe schon aus wie eine Schlumpfin. Ich stelle einen Fuß auf den anderen, um ihn zu wärmen, aber auch, damit die Kakerlaken, die durch die Küche spazieren, möglichst nicht an mich rankommen.

Endlich hebt Großmutter den Blick von dem schmutzigen Geschirr und macht den Mund auf. In einem Ton, so trocken wie Cracker, haut sie mir eine Antwort hin.

– Sie wissen noch nicht, ob sie durchkommt, aber jetzt lebt sie erst mal noch. Heute Abend wissen wir mehr … Das wäre alles nicht passiert, wenn dein Arschloch von Stiefvater nicht dagewesen wäre. Er hat sie sicher gezwungen, die ganzen Pillen zu schlucken. Er will sie umbringen. Das weiß ich genau. Ein gottverfluchter Hund ist das! Ein gottverfluchter Hund! Ein Mörder!

– Ach nein, Omi, hör auf. Er kann nichts dafür. Du weißt doch, deine Tochter hat immer gesagt …
– Ach, du bist auch nicht besser als dein Stiefvater! Du stehst immer auf seiner Seite. Du bist auch … Ist dir doch nur recht, wenn deine Mutter stirbt. Aber eins sag ich dir … wenn sie stirbt, dann muss ich dich vielleicht in eine Pflegefamilie geben, und was bei denen passiert, das habe ich dir ja erzählt, da wirst du dich umsehen. Egal, hör mit der Fragerei auf, iss deine *Raisin Brans*, die sind gut für dich.

Ich setz mich in meine Ecke mit dem Schüsselchen *Raisin Brans*. Die Dinger sind eklig. Meine Großmutter hat sie vor über einer halben Stunde fertig gemacht. Die Milch hat sie völlig durchweicht. Wie eine hellbraune Pampe mit schwarzen Stücken, die am liebsten abhauen wollen. Genauso traurig wie ich. Trotzdem halte ich das Schüsselchen in den Händen und schaue hinein, das vertreibt mir die Zeit. Ich habe keine Lust, heute Morgen mit meiner Großmutter zu zanken. Weder heute Morgen noch sonst jemals. Ich hab das satt. Ich hab's satt, wie sie sich aufregt, denn wenn sie sich aufregt, dann hat sie's immer mit mir, und ich kriege es um die Ohren. Sie sagt, ich bin böse, ich will allen immer nur wehtun, ich bin eine kleine Schlampe, und irgendwann gibt sie mich weg. Mir doch egal. Mir ist das dumme Zeug egal, das sie das ganze Jahr lang erzählt. Mich weggeben, na wann denn endlich! Die Leier kenne ich schon seit tausend Jahren. Wenn du nicht lieb bist, gebe ich dich weg. Wenn du deinen Teller nicht leer isst, gebe ich dich weg! Wenn du nochmal Lügen erzählst, gebe ich dich weg! Wenn du in der Nase bohrst, gebe ich dich weg! Wenn du den Saftkrug falsch hinstellst, gebe ich dich weg! Ich gebe dich weg! Ich gebe dich weg! Ich gebe dich weg bis zum Gehtnichtmehr! Ich gebe dich weg, auf einen anderen Planeten. Da, Pluto, der ist am weitesten weg! Von wegen. Ich soll nur genauso viel Angst haben wie sie, die blöde Kuh. Ich soll nur genauso verbittert werden wie sie, eine verbitterte alte Schachtel, verbittert bis auf die Knochen.

Céline kommt mich zur Schule abholen, wie jeden Morgen. Céline, meine *Raisin-Bran*-Freundin, die dafür sorgt, dass es regelmäßig zugeht in meinem Leben, trotz alldem Chaos. Bei Regen wie bei Sonnenschein, Céline ist zur Stelle, allzeit bereit. Aber heute Morgen zieht sie den Kopf zwischen die Schultern. Nicht, weil meine Mutter sich umgebracht hat. Nein, das weiß sie noch nicht. Sondern weil wir uns gestern gestritten haben, kurz vor den *Nervensägen*. Wenn ich dran denke, gestern war wirklich ein schlimmer Tag. So trist wie ein Besenschrank. Ein total verschissener Tag! Céline wollte nicht mit mir Bingo spielen, also hab ich ihr eine geklebt. Sie rannte heulend nach Hause. Und heute früh ist sie wieder hier. Diese Céline hat auch gar keinen Stolz. Treu wie ein Hündchen, das liegt ihr wahrscheinlich im Blut.

– Entschuldigung für gestern, sagt sie. Wir vertragen uns wieder, ja?

Ich habe sie geschlagen, und sie entschuldigt sich. Na, die ist gut!

– Okay, Céline, aber nächstes Mal, ja, wenn ich sage, dass wir Bingo spielen, dann wird Bingo gespielt, klar?

Ich versuche die ganze Zeit, ihr moralisch zu kommen, mit meiner Moral. Die Ärmste. Sie tut mir Leid. Sie braucht mich dermaßen, so sehr, wie eine Dose Erbsen einen Dosenöffner braucht. In der Schule spiele ich Célines Beschützerin. Sie kommt immer so schnell in dumme Situationen, weil sie nicht besonders helle ist. Aber egal. Mir ist das nur recht, ich fühle mich gebraucht. Außerdem freue ich mich heute Morgen ganz besonders, dass sie da ist. Ich wollte schnell jemandem erzählen, dass meine Mutter sich umgebracht hat. So eine Sache sorgt für Aufmerksamkeit, da stehe zur Abwechslung mal ich im Mittelpunkt.

Um es Céline zu sagen, setze ich mein tragisches Gesicht auf. Ich sage das, weil ich mich fühle, als würde ich in einem Film leben. Was mir passiert, ist so unbegreiflich, dass ich mich richtig anstrengen muss, um so zu tun, als wäre ich wirklich dabei. Wenn mir so was passiert, teile ich mich in zwei: Die eine tut so als ob, die andere versteckt sich und zittert vor Angst.

– Céline, meine Mutter hat gestern ihre ganzen Pillen geschluckt, um sich umzubringen.
– Ist sie tot?
– Noch nicht. Heute Abend wissen wir mehr.
– Ooh! Was machst du dann?
– Hm. Ich weiß nicht genau. Vielleicht gibt meine Großmutter mich weg, in eine Pflegefamilie.
– Oh nein! Du Arme.
– Weißt du, was mir passieren kann, wenn sie mich weggibt?
– Nein, was denn?
– Sie sagt, wenn ich Glück habe, kann es gut gehen. Dann kriege ich lauter schöne Kleider, werde in einem dicken Auto zur Schule gebracht und kriege alle Barbiepuppen, die ich will. Aber wenn ich an Arschlöcher gerate, die nur wegen dem Geld Kinder annehmen, dann kriege ich Toast ohne Butter zu essen. Und muss die alten Sachen von den anderen Kindern auftragen, das alte, löchrige Zeug. Dann darf ich mich nur mit kaltem Wasser waschen und ohne Seife. Und vielleicht will sich dann auch der Papa mit mir vergnügen.
– Mit dir vergnügen?
– Ja, du weißt schon ... dann zeigt er mir sein Ding ... seinen Schwanz.
– Oh! Seinen Schwanz ...
– Den soll ich dann in den Mund nehmen, den ganzen großen Schwanz in meinen kleinen Mund. Und der Widerling schiebt ihn mir rein, ganz tief in den Hals, bis

ich keine Luft mehr kriege. Ich kann mich nicht befreien, weil er mir den Kopf festhält mit seinen großen dreckigen Händen, und schwarze Fingernägel hat er auch. Und weil es dunkel ist, sieht er nicht, dass ich schon blau anlaufe und gleich ersticke.
– Nein! Das ist schrecklich! Das soll dir nicht passieren! Du musst was tun ...
– Ja, ich werde was tun, ich beiße einfach zu, in seinen dicken Schwanz ...
– Ja! Ja! Bis Blut kommt!
– Abbeißen werd ich ihm den. Und weißt du, was ich dann damit mache?
– Nein!
– Ich kau ihn durch, und er muss zusehen! MJAM! MJAM! MJAM! Ich kau so lange, bis er Hackfleisch ist, und dann kann kein Arzt mehr was tun, dann kann ihm den keiner mehr annähen.
– Richtig so, das hat er verdient, der alte Schweinehund!
– Dann renne ich weg und verstecke mich im Wald. Ich bau mir eine Hütte aus Zweigen. Keiner weiß, wo ich wohne, nur du. Dann kannst du mir Hamburger bringen und außerdem meine Hausaufgaben.
– Deine Hausaufgaben?
– Na klar! Dann muss ich ganz allein für meine Ausbildung sorgen, denn dann kann ich nicht mehr zur Schule. Wegen der Bullen, die mich suchen, weil ich den Familienvater verstümmelt habe. Ich will nicht in ein Verbrechergefängnis. Meine Großmutter hat erzählt,

dass da furchtbare Sachen passieren, noch viel schlimmer als in den Pflegefamilien! Die Wächter kommen zu zwanzig und machen den Test mit den Mädchen.
– Was für einen Test?
– Einen Härtetest. Sie stecken den Mädchen alles in den Bauch, was sie finden: Bleistifte, Bierflaschen, Schlagstöcke. Alles, was ihnen so in die Hände fällt. Wenn du das durchhältst, hast du den Test bestanden, dann gehörst du einem von ihnen, bis du entlassen wirst. Aber wenn nicht, dann platzt dein Bauch, und die ganzen Sachen kommen durch den Bauchnabel wieder raus.
– Hör auf! Das halt ich nicht aus! Du bist meine einzige Freundin. Ich will nicht, dass dir was passiert. Nein. Komm einfach zu mir nach Hause. Ich verstecke dich in meinem Zimmer, und dann können wir immer zusammen in meinem Bett schlafen.

Geschafft, Céline weint. Sie macht sich Sorgen um mich, genau wie ich. Ich freue mich. Ich fühle mich weniger allein in all der Scheiße. Das ist die Methode von meiner Großmutter: Geteiltes Leid ist halbes Leid. Ich mach's wie meine Omi. Ich bin stark. Ich weine nicht. Ich habe nicht geweint. Und ich werde nicht weinen. Das heb ich mir für später auf. Wenn ich mich in einem schäbigen Hotelzimmer von einem kleinen Fettwanst habe ficken lassen. Erst mal weine ich aber nicht, wie meine Großmutter, und ich kann genauso wie sie den Abwasch machen wie eine rasende Furie; abwaschen, bis mir alle Adern platzen, alle

Arterien meines Leibes, bis ich mich an die gelben Küchenwände verspritze und in die Augen von meinen beiden Mamas. Denen werd ich's zeigen. Eines Tages werd ich's allen zeigen!

3   Creep

I wanna have control / I wanna perfect body /
I wanna perfect soul / I want you to notice /
When I'm not around / I wish I was special /
So fucking special / But I'm a creep /
I'm a weirdo / What the hell am I doing here? /
I don't belong here.

Radiohead, ›Creep‹

Heute hab ich Geburtstag. Vierundzwanzig. Happy birsssssday to meeeeeeeee! Mein Gott, ist mir das scheißegal! So egal, wie wenn in China eine Schubkarre umkippt. So egal wie Queen Victoria. So egal wie Butter oder Margarine. Die einen sagen, Butter ist gesünder, die anderen behaupten das Gegenteil. Margarine, Butter, scheißegal. Ich futtere Fritten mit Ketchup und dicker Bratensoße, McDo so gut wie jeden Tag und tonnenweise Bonbons. Fuck den Darmkrebs: Mein Bauch gehört mir!

Ich sitze in einem großen Loft, das meine Freunde netterweise gemietet haben, um mich zu feiern. Sie sind alle da und amüsieren sich, als ob ich nicht da wäre. Ich sitze ganz allein in einer Ecke an der Wand. Die Beine habe ich an den Körper gezogen und halte sie mit den Armen umschlungen. Die roten, gelben, grünen und blauen Lichter spiegeln sich auf meiner Haut. Ich habe keine Nylons an, obwohl November ist, der Monat, in dem ich Geburtstag habe, der Totenmonat.

Ich bin mutterseelenallein inmitten von einem Haufen angeblicher Freunde, die gekommen sind, um mir alles Gute zum Geburtstag zu wünschen; sie drücken mir die Pfote / aber weil ich nicht da war / hat der kleine Prinz gesagt / na wenn das so ist / kommen wir am Freitag wieder. Fuck you! Freitag bin ich auch nicht da. Ich erzähle Unsinn. Ich habe gesoffen wie ein Bierkutscher. Gesoffen, dass mir die Blase platzen könnte.

In meinen Adern fließt kein Blut mehr, sondern Rotwein. Ich bin sternhagelvoll. Die Leute kommen mich beglückwünschen, und ich lache ihnen ins Gesicht. Ich lache ihnen auf die Nase. Ich lache ihnen in die Haare. Ich lache sie aus, lauthals. Ein paar Mutige kommen näher und sagen, ich sei schön, ich sei so schick heute, ich sei nett ... Aber das interessiert mich nicht mehr als Butter oder Margarine: Ich scheiß drauf. Ich scheiß auf alles. Vorhin hab ich getanzt und bin an eine Wand geknallt. Jetzt ist die Wand hin. Ist doch nicht meine Schuld, wenn die Wände hier aus Pappe sind. Der Besitzer wird sicher Schadenersatz von mir verlangen, aber da scheiß ich genauso drauf. Geld hab ich keins.

Heute habe ich Geburtstag, und ich singe mir in meinem Kopf Lieder vor. Ich singe in meinem Kopf, weil meine Stimme wie ein Radio zwischen zwei Sendern klingt, so viele Zigaretten habe ich geraucht. Heute Abend habe ich genau vierundzwanzig Zigaretten geraucht. Das weiß ich, weil ich jedes Streichholz aufmerksam ausgepustet habe, um zu spielen, ich würde die Kerzen auf einer Geburtstagstorte auspusten. Ich habe Geburtstag, aber niemand hat daran gedacht, mir eine Torte zu kaufen. Die taugen einfach nicht für Feste, diese Leute! Taugen so viel wie eine blank gerubbelte Niete beim Rubbellos. Meine Mutter hätte es nicht vergessen, die nicht. Sie hätte mir eine schöne Torte gekauft mit Buttercreme drin und lila Blüten drauf oder eine mit einer Barbie in der Mitte. Meine Mutter hat nie meine Geburtstagstorte vergessen; nicht einmal, wenn sie im Krankenhaus war, in der Geschlossenen, hat sie die Torte vergessen. Dann rief sie zu Hause an und heulte mir stundenlang was vor, weil sie nicht rauskonnte, mir eine bringen. Aber die hier, meine angeblichen Freunde, haben nicht dran gedacht. Also ist es für mich kein echter Geburtstag. Obwohl, pah!, eigentlich scheiß ich genauso darauf wie auf alles andere.

Die Lichter spiegeln sich immer noch auf meinen Beinen, meinen Schenkeln. Hübsch ist das. Es geilt mich auf. Ich ziehe meinen Rock etwas hoch, die Lichter wandern mit. Ich hab keinen Slip an. Alle können meine blonde Muschi sehen, aber da scheiß ich auch drauf. Eigentlich finde ich es gut, wenn einer herkommen und meinen Geburtstagslichterchen zusehen würde, wie sie über meine Beine kriechen, die Schenkel hoch. Falls es ihm gut gefällt, könnte ich ihm sogar erlauben, sie noch weiter oben anzusehen, zwischen den Beinen, auf dem Bauch, den Brüsten … Könnte mir richtig gefallen … Aber es kommt keiner. Ich habe zu viel getrunken, sie haben Angst vor mir, aber sie bleiben trotzdem hier. Sie bleiben, weil es gratis Bier gibt, Bier und Wein. Nein, Wein nicht mehr. Ich habe ihn ausgetrunken. Wenn sie welchen wollen, müssen sie mir die Adern aufschneiden. Mein Blut auslutschen; die ganze Truppe muss sich auf mich legen und mich lutschen, mich lutschen. Das sollte ihnen nicht schwer fallen, wo sie mir schon so lange die Energie absaugen.

Ich habe Geburtstag und Lust, mich ficken zu lassen.

Ich nehme mir was vor: Wenn in den nächsten fünf Minuten keiner zu mir kommt, dann gehe ich in die Welt hinaus, und das wird nicht lustig! Ich schlag einen Skandal! Ich mach einen Aufstand! Ich mach mich bemerkbar! Also wirklich! Denken die tatsächlich, ich lasse sie alles aussaufen, einfach so, und keiner von ihnen braucht herzukommen und die Lichterchen auf meinen Beinen und meinem Bauch anzuschauen? Meine Geduld hat Grenzen, und meine Kleidung auch! Wenn nicht bald einer kommt, stelle ich was an. Dann biete ich ihnen eine Show. *Hereinspaziert! Hereinspaziert! Verpassen Sie die Supershow nicht. Sie dürfen sogar ihre Frauen und Kinder mitbringen, dann können die was lernen!* Ich werd euch was zeigen! Ich mach euch die Annie Sprinkle! Der erste Tollkühne, der sich mir zu nahen wagt, kriegt mich für sich allein, die ganze Nacht! Hauptgewinn! Nicht nötig, mir Märchen zu erzählen, von wegen ich bin hübsch, ich bin besonders undsoweiter blablabla. Nein. Hier geht's schnell ab und unkompliziert, wie mit Instantkaffee. Aber ich kenne sie, keiner wird zu mir kommen und keiner wird mich bremsen … Mich bremsen. Doch. Aber erst, wenn sie gesehen haben, wozu ich imstande bin, wie weit ich mich in die Scheiße reiten kann. Erst werden sie so tun, als würde mein Verhalten sie schockieren, aber sie werden die Augen nicht von mir lassen können. Tief in ihrem Inneren werden sie Stielaugen machen, wie weit ich's treibe, aber nur ganz tief drin, sie sind so was von verbarrikadiert hinter ihren wohl geordneten, gut beherrschten Gefühlen. Ich kann meine Gefühle nicht beherrschen. Sie kommen überall raus, wie Kotze aus einer Papiertüte. Darum kann ich mich so schlecht unter Kontrolle halten. Nein, ich kann mich überhaupt nicht kontrollieren: Ich explodiere. Ich bin meine eigene Bombe. In meinem Kopf ist immer Hiroshima. Wo ich durchkomme, ist die Katastrophe, das Massensterben, die Katakombe. Ich bin mein schlimmstes Drama. Noch schlimmer: Ich habe mich gefunden, bevor ich mich gesucht habe. Ich habe mich gefunden, und seitdem werd ich mich nicht mehr los. Wenn ich doch nur ein Leben ausleihen und mich darin ausruhen könnte; mich ausruhen davon, dass ich mich immer so runtermache, immer so an mir selber klebe. Ich klebe so was von an mir selber, es ist grauenhaft. Wie die reinste Schmeißfliege an einem Kuhhintern. Ich kann einfach nicht aus mir raus. Raus aus ... He! Was ist das? Mein Glas ist leer. Ich hab nichts mehr zu trinken, Scheiße! Nichts wie ab zur Bar.

Ich versuche aufzustehen, aber ich kann nicht. Meine Beine sind wie der Ozean, lauter traurige Fische wohnen darin. Ich nehme Schwung. Hoppla! Die Wände rutschen weg, das liegt sicher an dem ganzen Salzwasser in mir, an der Erosion und so. Schnell, Wein her! Bier! Tequila! Was zu trinken! Gebt mir bloß schnell was zu trinken!

Ein Kopf beugt sich über mich. Endlich traut sich einer an das kleine Mädchen ran. Wer ist dieser Adonis, der seinen Schatten auf meine Beine wirft? Mein Ex, und er lächelt mich an. Ha! Der Ober-Ex, der Ex der Exe.

– Alles Gute zum Geburtstag, Sissi!
– Oh! Antoine, nimm mich mit zu dir nach Hause! Hier ist kein Wein mehr, und ich brauch dringend was, um die Alkoholfische zu beruhigen, die in meinem Bauch wohnen ...
– Baby, ich würde ja gern, aber ich glaube, meine Süße

würde das nicht so gut finden. Außerdem kannst du nicht einfach so von deinem Fest weglaufen, sie sind alle wegen dir hier ...
– Ich sollte überhaupt nicht hier sein. Ich hatte mir geschworen, dass ich die alle nie wieder sehen will, aber die sind wie Flecken, die nicht weggehen. Sie lassen mich nicht in Ruhe: Sissi hier, Sissi da ...
– Sie lieben dich, Sissi. Die Hälfte von ihnen ist total verrückt nach dir. Du kannst dir einen aussuchen, du hast die Wahl ...

Verblüfft schaue ich meinen Ex an. Dann lache ich los. Ein fettes, dreckiges Lachen. Ich lache mit zurückgelegtem Kopf. Ich lache laut, damit er versteht, dass ich das nicht schlucke, was er da sagt. Die Wahl, die Wahl ... Mein Ex ist lustig, ein wahrer Komiker, die reinste Jerry-Lewis-Fresse. Hat er nicht selber noch vor gar nicht langer Zeit gesagt: *Wenn ich nicht bei dir bin, triffst du immer die falsche Wahl.* Und meine Mutter war auch nicht viel besser, die hat immer gesagt: *Wer die Wahl hat, entscheidet sich fürs Schlimmste.* Wenn mir einer was erzählt, von wegen ich hätte es gut, ich hätte die Wahl, dann lache ich bloß in meinen Katzenschnurrbart, in meinen Bart lachen kann ich nicht, ich hab ja keinen. Wenn ich einen Bart hätte, dann müsste der sehr, sehr lang sein, damit ich stundenlang, tagelang, wochenlang, monatelang, jahrelang lachen könnte, bis ich an ihm ersticke. Die Wahl, die Wahl, na, der macht Witze. Denkt, ich hätte eine Wahl! Hat er eine

Wahl? Oh ja! Aber nicht alle Welt ist das Nonplusultra von der Welt. Ich bin der Arsch plus ultra, ich habe schon lange geschnallt, was für eine Wahl ich habe. Ich lasse mich gehen, ich lasse mit mir machen. Ich wähle nicht, ich lasse die anderen wählen, wer mich will, der nimmt mich, wie eine Puppe. Aber heute sieht die Puppe schlimm aus. Ein kleines Mädchen hat in ihrem Gesicht rumgeschmiert, hat ihr die Zähne schwarz angemalt, die Haare ganz kurz abgeschnitten und die Beine ausgerissen. Jetzt kann die Puppe weder an die Bar gehen noch zu sich nach Hause.

– Antoine, bringst du mich heim? Ich fühle mich wie ein kaputter Computer, der zurück ins Werk muss.
– Ja.

Mein Ex fasst mich um die Taille und drückt mich an sich, damit ich nicht zu Boden falle wie ein Toast auf die Butterseite. Er tut mir weh. Seine Knochen tun meinen Knochen weh. Bei jedem Schritt gibt es in meinem Gehirn Kurzschlüsse, dass die Funken sprühen. Zwei Skelette, die sich aneinander reiben. Er schleift mich mit sich wie an den vielen Tagen, an denen ich voll war. Wo wir langkommen, gehen die Leute beiseite: Die Menge teilt sich wie das Rote Meer vor Moses. Ich könnte sogar hören, was die Leute murmeln, wenn wir vorbeikommen. Aber die Musik von *Radiohead* ist so laut. BUT I'M A CREEP / I'M A WEIRDO WHAT THE HELL AM I DOING HERE? / I DON'T BELONG HERE. / O HO O OH ... Ich bin auch ein Creep, ein

Scheißcreep, und außerdem will ich schnell hier weg. Mir ist kalt, ich habe Hunger, mir tut alles weh.

– Antoine, warum haben wir uns getrennt?
– Wir haben uns nicht getrennt. Du hast mich sitzen lassen wegen einem bescheuerten Maler, den du wegen einem bescheuerten Arsch von Fotografen sitzen gelassen hast, den du wegen einem ...

Jetzt hört er nicht mehr auf. Den ganzen Weg die Treppe runter labert er mich mit Vorwürfen voll. Ich würde ja gern sagen, dass es auch ein bisschen seine Schuld ist, wenn ich ihn verlassen habe. Das stimmt nämlich! Er hat sich schließlich nicht richtig um mich gekümmert, nur um seine blöden Gemälde, da war es so vorhersehbar wie ein amerikanischer Film, dass ich abhaue. Aber warum soll ich das sagen, das bringt nichts. Und sowieso, was kann ich meinem Ex vorwerfen, wo ich mit der Hälfte seiner Freunde geschlafen habe?

– Okay, Antoine, du kannst aufhören, ich habe verstanden.
– Du solltest nicht so viel trinken. Du solltest dich ein bisschen mehr auf dein Studium konzentrieren und du ...

Der blöde Idiot hört einfach nicht auf mit seinen Moralpredigten. *Du solltest dich zusammenreißen. Du solltest ... du solltest ...* Der hat mir immer nur Predigten gehalten. Hält sich wohl für meinen Vater, oder schlimmer, für meinen Boss. Außerdem ist unsere Beziehung gar keine richtige Beziehung, das war ein Kleingewerbe, das Pleite gemacht hat, das den Bach runtergegangen ist, denn Liebe und Arbeit, das funktioniert nicht zusammen.

– Verpiss dich, Antoine!
– Wie bitte?
– Ich hab gesagt: Verpiss dich, Antoine.
– Hör bitte auf, Sissi …
– Hau ab, oder ich hau dir in die …
– Hör schon auf, du hast zu viel getrunken.
– Hau ab! Hau ab! Hau ab …

Und ich trommle mit den Fäusten auf ihn ein. Aber ich kann auf den Körper zielen, soviel ich will, ich haue immer bloß in den Wind. Wie ein Dirigent, der leeren Stühlen den Takt angibt. Und noch ein Hieb in die Luft, und noch einer. Dabei ist er doch ganz dicht an mir dran? Was läuft hier bloß?

Er weiß nicht, wie er reagieren soll, wo er hinschauen soll, was er tun soll. Geschieht ihm recht. Der hat sowieso nie gewusst, was er mit mir anfangen soll. Ich war nicht die Richtige für ihn. Er braucht ein Hündchen, ein Hündchen, das ihm überallhin nachläuft und seine Werke bewundert, denn für meinen Ex ist genau das Liebe. Man muss ihn bewundern, vergöttern, anbeten, weil er angeblich so schöne Bilder malt … Ein Opferlamm schlachten, ein Huhn und eine Jungfrau gleich mit, auf seinem Altar, seinem so genannten künstlerischen Talent zu Ehren. Warum nicht alle Heiligen gleich mit schlachten, wo man schon dabei ist!

– IDIOT! ICH BIN NICHTS FÜR DICH! AUSSERDEM TAUGEN DEINE BILDER NICHTS! HAU AB!

Er reagiert nicht. Ich komme mir vor wie eine Avon-Beraterin, die einer Familie von Zombies ihre Produkte vorführt. Er soll verschwinden, ich will seine kleine Emporkömmlingsfresse nicht mehr sehen. Ich habe ihn satt, zum Kotzen satt, aber ich weiß nicht, warum, weiß nicht mehr, warum … Er geht mir auf die Nerven, fertig. Immer mit seinen guten Ratschlägen. Ich brauche keinen Rat, sondern einen Schwanz, einen ordentlich harten, und dann Action. Er soll verschwinden. Ein für alle Mal …

– DU FICKST WIE EIN ANALPHABET! ARSCHLOCH! DARUM BIN ICH GEGANGEN! ARSCHLOCH!

Das ist gemein. Das ist nicht fair. Das ist ein Fall von ungleichen Waffen. Jetzt habe ich in diesem Duell unter die Gürtellinie gezielt, denn diese Gegend ist mein Spezialgebiet. Ich bin eine Eierabschneiderin. Ich besinge die Kastration. Ich mache ein Lied aus meinem Körper, damit ich den Typen mit meinen scharfen Zähnen besser die Familienjuwelen abbeißen kann. Ich nagele ihr Skelett aufs Bett, damit ich sie fest in der Hand habe. Und wenn sie dann wehrlos sind, serviere ich ihnen eine kleine Bemerkung, nur einfach eine wohl gezielte, kleine Bemerkung über ihre Potenz oder ihre Qualitäten als Liebhaber, zack!, zwischen die Beine! Das sitzt! Ich haue alles kurz und klein. Komisch, alle haben sie Angst vor mir, aber sie wollen immer noch mehr. Ich weiß auch, warum. Sie wollen mehr, weil ich ihrem Körper gut tue. Ich tue ihrem Körper gut mit meinem Mund und meinem Schlitz. Ich bin ein Remake von Emmanuelle, in verbesserter Fassung, nicht mehr so soft und ohne Werbepausen.

– ICH PASSE NICHT ZU DIR, IDIOT ...

Außerdem passe ich sowieso zu niemandem. Nicht mal zu mir selber. Ich bin ein Fall für das Handbuch der psychischen Erkrankungen. Ein Fall, den man untersuchen, den man sezieren muss wie eine Labormaus. Der Psychologe vom Stadtteil-Gesundheitsdienst hat das begriffen, er will, dass ich mich behandeln lasse. Mich behandeln lassen! Wie soll ich mich denn behandeln lassen? Wie eine Verrückte, wie meine verrückte Mutter? Wie eine Anormale, wie meine anormale Mutter? Oder wie eine, die nur zum Geficktwerden taugt? Gefickt werden, ja, genau das will ich.

Mein Ex geht weg. Traurig. Bin ich auch. Dass ich dummes Zeug geredet habe, Zeug, das nicht mal stimmt. Traurig, dass ich ihm wehgetan habe, immer nur wehgetan ... wehgetan wie allen anderen auch, wie meiner Mutter früher ... Ich stehe vor dem Eingang zum Loft, Ecke Avenue des Pins und Boulevard Saint-Laurent. Von oben höre ich fröhliche Stimmen. He! Das ist mein Fest. Die Leute feiern meinen Geburtstag. Die Leute trinken das Bier von meinem Fest. Ich will zurück. Ich will die Königin des Abends sein.

An die Wände gestützt, schwanke ich die Treppe hoch und trete wieder in das Loft. Die Lichter funkeln immer noch so stark wie vorhin. Mühsam wanke ich durch die Menge. Verflucht, was sind meine Beine schwer! Als müsste ich Kugeln mitschleppen. Genau, das ist sicher das Gewicht meiner Schuld; der Schuld, dass ich meinen Ex so behandelt hab, Schuld, dass ich bin, wie ich bin: eine Art Dauerloser, Schuld, dass es mich gibt, Schuld, Schuld ... Es klappert die Mühle am laufenden Bach, klipp klapp, klipp klapp, klipp klapp. Ich gehe weiter, mir tränen die Augen wegen der Lichter, sie werden von den verstohlenen Blicken der anderen verwundet. Ich komme meiner Befreiung näher, immer näher. Die anderen tun so, als würden sie mich nicht sehen, aber sie schauen mich an und werden mich die ganze Zeit anschauen, sie haben gar keine andere Wahl.

Mitten im Raum angekommen, genau in der Mitte, genau unter den schönen roten, gelben, grünen und blauen Lichtern meines Festes, beginne ich mit meiner Vorstellung. Ich ziehe in aller Ruhe meinen schwarzen Blazer aus. Ich knöpfe in aller Ruhe meine schwarze Bluse auf. Ich ziehe in aller Ruhe meinen schwarzen Rock runter. Ich ziehe in aller Ruhe meinen roten BH aus. Ich lege mich auf den Boden und fange an zu wichsen. Mein rechter Zeigefinger fährt in meine Spalte, rein und raus, rein und raus. Mein linker Zeigefinger macht unterdessen an der linken Brustwarze rum, wie in einem Porno. Ich kann die anderen spüren, sie werden langsam nervös, und ich kann einfach nicht anders, ich lache laut los.

Von allen Seiten höre ich entrüstete Rufe. *Oh! Nein! Was macht sie denn? Was hat Sissi wieder? Aufhören! Nein!* Hände berühren mich. Tausende Hände wandern über meinen Körper. Jemand wirft Kleidungsstücke über mich, an meinem einen Arm zieht wer, am anderen auch. Jemand nutzt die Gelegenheit, um meine Brust anzufassen. Wusste ich doch, dass einer sich nicht würde zurückhalten können. Endlich kümmert man sich um mich. Endlich bin ich die Königin des Abends und fühle mich etwas besser. Ich werde hin- und hergerollt. Eine Menge wiegt mich, wie es früher meine Mutter tat, vor langer Zeit, in einem früheren Leben. Ich tanze auf dem Meer und tauche in seinen Bauch ein. Unter den Wellen ist alles still. Mir ist so wohl. Stille. Dann Dunkel. Wo sind bloß die kleinen Lichtlein, rot, gelb, grün und blau? Wer hat die Lichter von meinem Fest gestohlen? Und wo kommen diese ganzen Schlümpfe her? Warum zappeln sie so herum? He! Tut doch was, die Schlümpfe wollen mich umbringen ...

Mitten in der Nacht wache ich im Wohnzimmer zu Hause auf, bei meiner Großmutter. Ich war wohl aus dem Ruder gelaufen, und dann haben sie mich hier vor Anker gelegt. Mitten in dem Wohnzimmer, das Mondlicht fällt durch den löchrigen Nylonvorhang und lässt auf meiner Haut tausend kleine Sterne funkeln. Ich schwitze, obwohl ich durchgekühlt bin wie eine Flasche Cola aus dem Kühlschrank. Ich versuche aufzustehen, aber ich falle wieder hin. Was ist denn los? Meine Beine sind ganz steif. Und mein Magen? Mir ist so übel. So was von übel ...

Splitternackt hocke ich auf allen vieren mitten im Wohnzimmer und kotze. Ich kotze Galle wie blöd. Ich kotze Wein und Galle wie blöd. Meine Großmutter ist da und putzt die Bescherung weg, sie murmelt: *Sinnlos betrunken! Sich so zu betrinken, nein wirklich, das hat doch keinen Sinn!* Ich würde ihr gern antworten: *Doch, Omi, das hat einen Sinn. Es hat Sinn, weil in meinen Adern jetzt Wein fließt. Sonst fließt in meinen Adern der Winter, Omi. Darum schneien meine Knochen, darum friere ich immer, darum habe ich so blaue, ungeküsste Lippen. So blau sind sie wie die von Laura Palmer. Ich verströme Kälte. Mir ist so kalt, Omi. Mir wird einfach nicht wieder warm. Alle Körper der Erde können mir nicht helfen, dass mir wieder warm wird. Kein gutes Wort kann mich trösten. Nichts ist warm genug für mich.*

Das würde ich gern zu meiner Omi sagen. Das und noch vieles mehr, aber ich schlafe wieder ein und die Schlümpfe kommen zurück und verfolgen mich. Ich renne, ich renne immer weiter.

4   Mal mir ein Schaf!

Every finger in the room is pointing at me / I wanna spit in their faces / then I get afraid of what that could bring / I got a bowling ball in my stomach / I got a desert in my mouth / figures that my courage would chose to sell out now.

Tori Amos, ›Crucify‹

Ich bin acht und in der zweiten Klasse. Zweite Klasse, zweiter Stock des Schulgebäudes, das zwei Straßen von dem Haus, in dem ich wohne, entfernt ist. Das klingt kompliziert, ist es aber gar nicht mal so sehr. Auf dem Schulweg komme ich an einer Kneipe vorbei, die Männer darin sind voll wie die Polen und geben mir morgens um acht zehn Cent, und dann an der dicken Kirche Sainte-Marie, die tausend Mal dicker ist als ich. Mein Schulweg ist nicht kompliziert. Nein. Das Komplizierteste ist noch, dass ich nicht allein zur Schule gehen darf. Meine Großmutter sagt, ich bin noch so klein, dass die Suffköppe aus der Kneipe mich mit Gewalt aufs Klo zerren werden, da muss ich ihnen dann an den Piephahn fassen und man sieht mich nie wieder. Sie erzählt die ganze Zeit so dummes Zeug, die verrückte Alte! Draußen regnet es in Strömen. Aber in meiner Klasse im zweiten Stock ist es ganz sonnig. Alles ist voll Sonne, wegen der Kinderzeichnungen.

Die Zeichnungen sind voll daneben. Mütter mit drei Fingern; Väter ohne Nasen; Tiere, die aussehen wie Toaster; lila Bäume; Wolken mit Augen und Koffern; Häuser ohne Fenster, Türen und Schornstein; Autos, so riesig wie Dampfschiffe; und lächelnde Münder! Ha! So was von Lächeln ... Ganze Familien lächeln wie die Staubsaugervertreter. Auf diesen Bildern herrscht der *American way of life*, Version Québec. Auf meinem Bild ist es eher der *Russian way of life*, der *Concentration camp way of life*, Version Rue Dorion.

Auf meinem Bild sind nur zwei blaue Augen zu sehen, und zwar mitten drauf. Zwei traurige Augen schauen aus dem Weiß des Papiers heraus. Blau und weiß. Mehr nicht, und damit habe ich die gesamte Klasse zutiefst schockiert. Viel brauchen die ja nicht! Die kleinen Seelchen, wirklich! Süßkleefresserchen! Kein Kind hat sich neben oder unter mein Bild setzen wollen. *Die Augen schauen mich an!*, jammern sie. *Die Augen verfolgen mich!*, blöken sie. Angsthasen! Also hat die Lehrerin mein Bild nach hinten gehängt, dahin, wo die Mäntel hängen. Da, wo sie sicher sein kann, dass niemand es sieht.

Normalerweise wollen alle Kinder neben meinen Bildern sitzen, um sie abzumalen. Sie wollen meine Sachen abmalen, weil ich mit meinen hyperrealistischen Kopien der platten Realität sämtliche Wettbewerbe gewinne. Ja! Ja! Ich bin total klasse im Malen ... ich übe ja auch schon lange genug. Ich glaube, ich habe zwei Tage nach meiner Geburt angefangen zu malen, weil ich mich so langweilte, weil mir schon klar war, dass ich mir besser selber eine Welt ausdachte, wenn ich überleben wollte. Nach meiner kubistischen Periode, in der ich stumpfsinnige Kuben malte, wurde ich eine Impressionistin. Mit drei war ich eine Impressionistin, die alle Welt mächtig beeindruckte mit ihren Eindrücken. Stundenlang malte ich meine *Fisher-Price*-Männchen ab, meine splitternackten Barbies, die Zigarettenkippen meiner Mutter im zugedreckten Aschenbecher, die Küchenmesser, meine Großmutter, wie sie mich schikaniert, meine Mutter, wie sie heult. Alles kam dran. Ich malte mir sogar Weihnachtsgeschenke, für den Fall, dass meine Mutter nicht aus der Geschlossenen durfte, um mir was Hübsches zu kaufen. Also habe ich ein Händchen fürs Malen. Wenn die Lehrerin sagt: *Malt mir ein Boot*, dann lege ich los. Da hängt mein Bild: *Traumschiff* mit allen Leuten an Bord: der Kapitän, der keine Haare mehr auf dem Schädel hat; Washington, der Barkeeper, dessen beide Vorderzähne so weit auseinander stehen, dass eine Türklinke durchpasst; der Doktor, der alles immer erst drei Stunden nach den anderen kapiert; die dünne Rothaarige mit großen Zähnen, die keine Funktion hat und nur ihre großen Zähne zur Schau trägt. Die Lehrerin sagt: *Malt mir ein Schaf*. Eins, zwei, drei, schon nimmt mein Schaf Formen an. Keine Nähmaschine! Kein Pfeiler, kein Penis, keine Flasche Billigfusel. Nein. Ein echtes Schaf, eins, das mäh! mäh! mäh! macht, wenn man ein bisschen Fantasie hat. Die Lehrerin sagt: *Malt mir eine Familie*. Ich lege ihr die perfekte Familie hin: Papa, Mama, Hund, Katze, Haus, Pool … Das ganze Set eben, nur hundert Mal besser als die anderen. Bei mir haben die Väter nicht nur drei Finger, sondern fünf, an jeder Hand; bei mir sehen die Tiere nicht aus wie Toaster, sondern wie richtige Tiere; bei mir haben die Häuser Tür und vier Fenster und sogar einen Briefkasten. In der Darstellung der Wirklichkeit bin ich supergut. Aber diesmal bin ich in der Darstellung der Realität zu weit gegangen. Heute bin ich zur Surrealistin geworden. Ich habe die Grenzen der künstlerischen Kühnheit, die für eine zweite Klasse gelten, hinter mir gelassen, und jetzt haben sie Angst gekriegt. Dabei habe ich nur gemacht, was die Lehrerin gesagt hat: *Malt das Erste, das euch einfällt*. Habe ich gemacht. Zwei blaue traurige Augen. Das oder ein dickes, in Kakao getauchtes Hörnchen, weil ich so Hunger habe. Ich habe heute kein Frühstück gekriegt.

Als ich der Lehrerin mein Bild gezeigt habe, wusste sie gar nicht, was sie tun sollte. Sie schaute neben sich, ins Leere, suchte nach Worten, rieb sich die Nase, die Augenbrauen, den BH. Ganz kribbelig! Als würde es sie überall jucken.

Als hätte sie einen Anfall von Windpocken. Ich stand da und wartete auf die übliche Reaktion: *Ah! Sissi, dein Bild ist wunderschön! Dein Bild ist fantastisch! Dein Bild ist mein allerliebstes Lieblingsbild auf der ganzen Welt!* Ich wartete darauf, dass sie Sachen sagte, die meine unsichtbare Krone wachsen lassen, die Krone der kleinen Prinzessin Sissi, aber sie sagte gar nichts. Die Minuten verstrichen, sie kratzte sich immer noch überall. Und ich wartete immer noch, stand vor ihrem Pult mit meinem hässlichen breiten Lächeln. Meinem superhässlichen Lächeln. Ich habe einen kleinen Clownsmund mit großen Zähnen. Meine Zähne sind für mein Gesicht einfach zu groß, das sieht total lächerlich aus. Als wollte ich nach Herzenslust ins Leben beißen. Um die Wahrheit zu sagen, würde ich das Leben lieber auskotzen. Ich bin acht und finde das Leben jetzt schon ungenießbar. Na, abwarten.

Nach vielerlei Überlegungen sagte meine Lehrerin endlich: *Tja ... Sissi ... Äh ... sehr originell ... Äh ...* Zum ersten Mal, seit ich ihr meine Bilder zeige, hat sie nur »originell« gesagt und nicht »großartig«, »wunderbar«, »magisch«, »ganz besonders«. Originell! Offenbar habe ich sie schockiert mit meinem Bild. Ich habe sie schockiert, aber aufhängen musste sie es trotzdem, die blöde Ziege. Meins genauso wie die Bilder der anderen, damit ich mich nicht ausgeschlossen fühle, wie sonst so oft. Sie hat es aufgehängt und dabei so laute und stinkende Seufzer ausgestoßen wie ein Abluftschacht von der Metro mit Mundgeruch. Und sie hat versucht, die beiden Augen dabei nicht anzuschauen. Schockiert, meine Lehrerin. Mir doch piepe! In Wahrheit war dann die ganze Schule von meinen beiden traurigen blauen Augen schockiert. Sogar die Direktorin, die mich sonst immer umarmt, wenn sie meine schönen Bilder sieht, sogar die war schockiert. Als sie es gesehen hat, hat sie nicht gewusst, was sie sagen sollte. Keines ihrer Grundschuldirektorinnenworte ist aus ihrem Mund gekommen. Sie stand da, den Mund halb geöffnet, mit hängenden Armen, die Augenbrauen nicht weit vom Kinn entfernt, und sagte nichts. Kein einziges Wort. Mit Stummheit geschlagen. Stummheit wie üblich. Dieselbe Stummheit wie zu Hause. Dieselbe Stummheit wie meine Mutter, die mich aus ihren blauen Augen ansieht. Stundenlang schaut sie mich unter der pissgelben Glühbirne in der Küche an, ohne zu zwinkern. Sie zwinkert nie.

Meine eigenen Augen sind auf mein Pult geheftet, sie wollen sich von dem zerkratzten Plastikfurnier und den drei Brandflecken von Zigaretten nicht lösen. Ich höre nicht, was die Lehrerin sagt. Ich verstehe nicht, was sie an die Tafel schreibt: Zahlen, Buchstaben, Linien, geometrische Formen und dann lauter so hängende Fädchen. Ich könnte nicht mal sagen, ob das hier eine Mathematik- oder eine Makrameestunde sein soll. Ich könnte nicht … Ich kann mich nicht konzentrieren. Ich habe Angst. So sehr, dass ich kaum Luft kriege. So wenig, dass ich Angst habe, gleich bekomme ich einen Asthmaanfall. Einen richtigen

Asthmaanfall nach allen Regeln der Kunst, mit Röcheln, Erstickungsanfällen, verdrehten Augen und allem Drum und Dran! Ich denke, das wird ein fantastischer Asthmaanfall, denn ich habe mein Bronchospray vergessen. Irgendwo zu Hause, auf der Kommode, glaube ich, es sei denn, es liegt unterm Bett. Ich vergesse es die ganze Zeit, obwohl meine Großmutter in einem fort sagt: *Sissi, vergiss dein Bronchospray nicht, sonst kriegst du einen Asthmaanfall, und dann macht deine Mutter sich so Sorgen. Und wenn deine Mutter sich Sorgen macht, dreht sie durch und muss wieder in die Geschlossene. Du willst doch nicht, dass deine Mutter wegen dir verrückt wird, oder?* Sie kann reden, so viel sie will, ich vergesse es trotzdem ständig. Egal, wo, die kleine Sprühdose. Nicht, weil ich will, dass meine Mutter verrückt wird und man sie dann wieder für acht Monate in der Psychiatrie einsperrt. Nein, darum nicht. Offenbar bin ich mit meinen acht Jahren schon suizidal. So suizidal wie meine Mutter drei Jahre später. Das muss wohl in der Familie liegen. In meinen Genen voller Erbkrankheiten. Sogar in mir drin hab ich keinen Platz mehr zum Atmen. Ich bin in meinem Bauch eingeklemmt. In meinen asthmatischen Lungen steckt seit meinem letzten Fieber schon viel zu viel Luft fest. Ich ersticke einfach vor ihren Augen, vor dieser Scheißbande. Das Asthma ist meine neue Waffe, schade, dass ich sie nicht gegen die anderen richten kann. Ich wüsste viele, die sie abkriegen würden. Aber ich bin die Einzige, die es abkriegt, da kann ich es auch ausnutzen und gründlich ersticken. Und sowieso, wen wird es schon stören, wenn ich sterbe? Ich bin ganz allein auf der Welt. Ganz allein. Ich kann mir schon die Grabschrift vorstellen: *Hier ruht Sissi, die Alleinste von allen Alleinen. Zieh hin in Frieden, schwanzloses Mäuschen. Ende.* Hunger. Ich habe Hunger. Meine Lungen sind voll, mein Bauch ist leer. Ich habe nichts gefrühstückt, weil, als ich zu Hause weg bin, gab's da Probleme. Dicke Probleme.

Meine Mutter und meine Großmutter weinten. Der Himmel war grau. Die Wolken füllten sogar die Wohnung. Der Wasserhahn tropfte. Ein Tropfen pro Sekunde: Pitsch! Pitsch! Pitsch! Und immer so weiter: Pitsch! Pitsch! Pitsch! Die reinste chinesische Folter. Das Weinen von meiner Mutter und meiner Großmutter füllte die ganze Wohnung aus. Das Weinen von meiner Mutter und meiner Großmutter und der tropfende Wasserhahn. Überall Wasser. Ein großes trauriges Bad. Ich wollte auch weinen. Aber nicht aus demselben Grund wie sie. Ich weiß eigentlich gar nicht, warum sie weinten. Sie weinen sowieso die ganze Zeit. Meine Mutter und meine Großmutter erzählen einander Geschichten, und dann weinen sie. Manchmal erzählen sie sich keine Geschichten und weinen trotzdem. Als würden sie zum Zeitvertreib weinen, verflucht nochmal! Ich hatte auch Lust zu weinen, aber ich hatte einen Grund. Einen guten. Ich wusste, wenn meine Mutter nicht aufhörte zu weinen, würde sie mich nicht zur Schule bringen können, und dann würde ich zu spät kommen. Ich wollte weinen, weil ich zur Schule wollte. Ich bin wahrscheinlich das einzige Kind östlich der Rue Papineau, das weint, weil es zur Schule will; weil es an seinem Pult sitzen will, vor diesem zerkratzten Plastikfurnier mit den drei Brandflecken. Das einzige Kind, das weint, um zu seiner Lehrerin zu kommen, um Stifte zu haben, fliegende Blätter und Hausaufgaben, um sich zu beschäftigen und die Zeit herumzubringen, verdammte Scheiße! Ich wollte weinen, weil ich Angst hatte, zu spät zu kommen, meinen Ranzen vor allen anderen auszupacken und von allen ausgelacht zu werden. Ich will nicht ausgelacht werden. Dann zittern meine Hände, meine Knie werden weich, und meine Haut kriegt rote Flecken. Mir ist es saupeinlich, und je peinlicher es mir ist, desto mehr erröte ich. Ich finde es furchtbar, wenn mir das passiert, ich weiß nicht, wo hinsehen, weiß nicht, wohin mit mir. Ich kenne das, weil ich oft ausgelacht werde. Ich werde ausgelacht, weil ich besonders deutlich spreche, ich sage »ichchch« und artikuliere sorgfältig. Sie nennen mich einen Snob und äffen: »*Schahaiß? Snohohob.*« Ich muss zum Logopäden, und auch dafür werde ich ausgelacht. Dienstags und donnerstags um zwölf habe ich Stunde bei ihm. Damit ich nicht mehr »Ssule« sage statt »Schule« oder »Küthchen« statt »Küsschen« oder »Ranthen« statt »Ranzen«. Mir gehen alle »sch« und »s« und »z« durcheinander. In meinem Kopf geht das alles durcheinander, genau wie die Familienmitglieder und Verwandtschaftsverhältnisse zu Hause: Meine Mutter ist meine Schwester, meine Großmutter ist meine Mutter, und mein Stiefvater ist ein gottverfluchter Hund, wie meine Großmutter immer sagt. Ich werde ausgelacht, weil ich klapperdürr bin und Haare wie Spaghetti habe, wo die Sonne durchscheint. Ich werde ausgelacht, weil ich zu große Augen habe, groß wie traurige Hundeaugen. Wie von einem geprügelten Hund. *Armer Wauwau! Armer Wauwau!* Wegen meinem Vornamen werde ich auch ausgelacht: Sissi. *Sissi-Lissi*, rufen sie mir nach, *Sissi-Pissi*, *Sissi-Schissi*. Auch wegen dem Namen meiner kaputten Familie werde ich ausgelacht, dem Namen, den mein Großvater uns hinterlassen hat, als er eines sonnigen Sonntagnachmittags im Hôpital Notre-Dame an Lungenkrebs starb. *Bresche*, rufen sie, *Dresche*, *Kalesche*. Aber sie liegen daneben. Sie lachen aus einem falschen Grund. Sie vergessen, dass *Labrèche*, die Bresche, das Loch ist, der Spalt, der Schlitz unten an meinem kleinen Körper. Der Schlitz, den sie mir alle aufreißen werden, wenn ich älter bin. Na gut, bis dahin haben sie noch Zeit, um mich auszulachen.

Ich würde jedenfalls am liebsten weinen, damit ich nicht zu spät zur Schule komme und nicht ausgelacht werde. Aber auch, weil ich die Sportstunde bei dem Lehrer mit dem Bart nicht verpassen will. Dem Lehrer, der so nett zu mir ist. Dem Lehrer, der meine Turnschuhe fest zubindet, damit ich nicht auf die Nase fliege, wenn wir in der großen Turnhalle im Kreis laufen; im Kreis wie die Verrückten in der Psychiatrie, das hat meine Großmutter mir erzählt. In der Psychiatrie lassen sie die Verrückten die ganze Woche über im Kreis rumlaufen, damit sie nicht auf dumme Gedanken kommen, damit sie sich nicht gegenseitig umbringen oder ihre Familie umbringen, wenn sie nach Hause dürfen. Ich will nicht zu spät kommen, weil ich will, dass mein Lehrer mit dem Bart mir die Schuhe zubindet, und weil ich im Kreis laufen will. Mein Lehrer soll zu mir kommen und mich aus seinen netten großen dunklen Augen anschauen unter seinen netten großen dunklen Augenbrauen. Er soll sich zu mir runterbeugen, und seine Schulter soll meinen kleinen Körper streifen. Damit ich nicht so allein bin, für ein paar Sekunden.

Ich stand da mitten in der Küche und wartete, dass meine Mutter mich zur Schule bringt, aber sie hörte einfach nicht auf zu weinen. Sie weinte und weinte nur immer. Wenn ihre Schluchzer ein bisschen leiser wurden, fing meine Großmutter umso lauter an. Und meine Mutter stimmte wieder ein. Als hätten meine Mutter und meine Großmutter an diesem Morgen den Kummer der ganzen Welt zu tragen. Als säßen sie in einem Land, in dem Krieg herrscht, in einem Keller, und oben fielen die Bomben. Und ich stand da vor ihnen in meinem Mantel und trat von einem Fuß auf den anderen, um ihnen klar zu machen, dass ich es eilig hatte, aber es half nichts. Irgendwann stand meine Mutter wie blödsinnig weinend von ihrem Stuhl auf und nahm mich bei der Hand. Dann nahm sie auch ihre eigene Mutter bei der Hand und brachte uns alle drei ins Bett. Ich lag zwischen ihr und meiner Großmutter, mitten im Herzen der Tragödie. Der beste Platz, um das

Schauspiel zu verfolgen, Dolby surround stereo. Und dort plärrten beide weiter. Das flennte und tropfte, und ich wollte nur noch dringender zur Schule. Das hier war nicht mein Platz, inmitten dieser Blase aus Heulen und Verrücktheit. Dieser verfluchten Blase, in der man nur ersticken konnte. Dieser Blase voll tödlichem Gift. Dieser Scheißblase einer Familie mit Kernspaltung, die jeden Moment explodieren konnte. Da explodierte lieber ich und ließ die Blase platzen. Ich explodierte und weinte, und als ich genug geweint hatte, da schrie ich. Ich ging mit den Fingernägeln auf meine Großmutter und meine Mutter los. Ich wollte ihnen die Augen auskratzen, damit sie endlich aufhörten zu weinen, damit sie mich nicht mehr mit diesen Angst erregenden Augen ansahen. Diesen Augen, die die ganze Zeit Angst in meinen Bauch jagen.

– Mama! Mama! Bitte, bitte! Bring mich zur Schule! Bitte, ich komm sonst zu spät! Mama! Bitte! Bitte!

Auf den Knien, mit gefalteten Händen.

– Mama! Schnell, komm! Beeil dich!

Nach Sekunden, die so lang waren wie die Warteschlangen im Schnellimbiss zur Abendessenszeit, wischte meine Mutter ihre Tränen ab, sie trocknete ihre Tränen einer Verrückten und kletterte aus dem Bett. Sie zog ihren zerknitterten beigen Regenmantel an und brachte mich zur

Schule. Den ganzen Weg lang ging ich, so schnell ich nur konnte. Teilweise wollte ich rennen, aber meine Mutter hielt mich an der Hand, an ihrer Hand, die so weich war wie ein Kuchen, der nicht aufgegangen ist, wie ein Kuchen mit Klitsch.

– Schnell, schnell, Mama! Ich komm sonst zu spät.

Aber sie beeilte sich kein bisschen. Sie ging immer gleich langsam. Als würde sie das absichtlich machen. An der Kirche Sainte-Marie vorbeigehen, die tausendmal größer ist als ich, und an der Kneipe mit den alten Suffköppen dauerte quälend lange, unendlich viel länger als sonst. Den ganzen Weg lang fluchte ich: *Kruzifix-verkacktes-Sakrament-heilige-Scheiße-in-Ewigkeit-Scheiße* und zerrte an der Hand meiner Mutter, ihrer Hand, die so weich war wie Pillsbury-Fertigblätterteig, und ich fluchte weiter: *Heilige-Scheiße-Christi-Kacksakrament-Golgatha-Pisskreuz-verfluchtes*. Nach einer Unendlichkeit kamen wir endlich bei der Schule an. Aber als ich vor meiner Klasse im zweiten Stock stand, war es zu spät. Schüler und Lehrerin waren weg. Kein Mensch mehr drin. Niemand. Keine Menschenseele. Nur Stühle, Pulte, Tafeln und hässliche Bilder, und alles schien sich über mich lustig zu machen. Das ganze Universum stürzte unter mir ein. Alles, was in mir war, polterte zu Boden. Ich hörte den Riesenlärm, den ein Magen beim Hinfallen veranstaltet, selbst wenn er leer ist. Ich spürte, wie mein Herz an meinen Beinen runterrutschte und meine anderen Organe hinterher: Bauchspeicheldrüse, Darm, Leber, Nieren. Meine Mutter schaute zu und sagte nichts. Sie war ausgelöscht.

– Sag schon was, Mama! Sag was! Hilf mir, Mama! Sag was! Du bist schuld! Du!

Sie sagte immer noch nichts. Also ging ich mit Fäusten und Füßen auf sie los, auf meine Mutter. Durchbohren wollte ich sie, so wütend war ich. Wenn ich Luke Skywalkers Laserschwert gehabt hätte, sein Schwert, das so leuchtet wie ein Fernseher im Dunkeln und summt wie ein Kühlschrank, dann hätte ich sie mitten durchgehauen, meine Mutter, zerspalten, um ihr verborgenes Gesicht des Bösen ins Feuer zu werfen. Weil ich aber kein Schwert hatte, nur meine Fäuste, schlug ich zu, schlug ich um mich mit aller Kraft, aber ich traf nur ins Leere. Sie war wirklich ausgelöscht. Scheiße! Meine Mutter war ein Hologramm. Nein, schlimmer, der Holocaust.

– Ich hasse dich, Mama! Ich hasse dich, Mama! Wenn du wüsstest, wie ich dich hasse! Mir tut der Bauchnabel weh, so hasse ich dich! Mir tut meine Geburt weh, so hasse ich dich! Ich hätte mich an der Nabelschnur aufhängen sollen, gleich als ich aus deinem Bauch raus war, du Bekloppte! Ja, hätte ich!

In dem Moment kam mein Lehrer mit dem Bart vorbei;
als ich gerade diese schlimmen Sachen zu meiner Mutter
sagte, kam er zu mir.

– Was ist denn los? Was hast du, kleine Sissi? Ich hab mich
 gewundert, wo du wohl bleibst. Ich war ganz sicher,
 dass du deine Sportstunde nicht versäumen willst ...

Er beugte sich zu mir runter und sprach weiter.

– Denn du magst die Sportstunde gern, nicht? Du bist gut
 in Sport, was?

Mir war klar, dass er mich ablenken wollte, dass er mich
auf andere Gedanken bringen wollte, damit ich mich beruhigte. Ich ließ den Kopf hängen. Ich wollte ihm nicht
in die Augen schauen. Ich wollte nicht, dass er meine
Augen sah, weil sie so böse waren, weil sie Feuer spuckten. Also schaute ich auf meine Schuhe. Meine schönen
Pepsi-Schuhe, die mich ein paar Zentimeter größer machen, die mich der Welt der Erwachsenen ein kleines Stückchen näher bringen. Scheiße! Ich brauche mich eigentlich
nicht größer zu machen, obwohl ich so klein bin, bin ich
schon tausend Jahre alt.

– Komm mit, Sissi. Komm.

Er nahm ganz sanft meine Hand, und wir gingen zusammen los. Ich schaute zurück über die Schulter und sah meine Mutter. Sie stand da und rührte sich nicht. Sie schaute zu Boden, die Hände in den Taschen ihres zerknitterten beigen Regenmantels, ihr langes schwarzes Haar hing ihr ins Gesicht, ihre Schultern krümmten sich über ihrem dünnen Körper. So sah ich meine Mutter an, bis zur Ecke des Flurs, bis ich sie nicht mehr sehen konnte. Am liebsten wäre mir gewesen, dass diese Ecke ein Wendepunkt in meinem Leben wäre. Ein für alle Mal.

Mein Lehrer mit dem Bart brachte mich in die Turnhalle. Alle anderen waren schon da und liefen im Kreis herum wie die Verrückten in der Psychiatrie. Dann hat er mir geholfen, mich aus- und die Sportsachen anzuziehen. Er nahm mich wieder bei der Hand und sagte:

– Komm, Sissi! Wir laufen zusammen.

Und dann sind mein lieber Lehrer und ich lange, ganz lange miteinander gelaufen. Er hat keine Sekunde lang meine Hand losgelassen, sogar nach der Stunde hat er mir die Hand gehalten und hat mir beim Umziehen geholfen. Als die Lehrerin uns holen kam, uns, ihre zweite Klasse, hat er mich noch für einen Augenblick in der Turnhalle behalten. Als die Lehrerin und die zweite Klasse losgingen, schaute er mir lang in die Augen, beugte sich zu mir herunter, und dann umarmte er mich ganz, ganz, ganz fest. Und er sagte: *Ich weiß, du hast es nicht leicht, Sissi. Ich weiß das.* Mein leerer Magen kletterte an meinem Körper hoch und kuschelte sich wieder dahin, wo er hingehört, und genauso mein Herz, meine Bauchspeicheldrüse, mein Darm, meine Leber und meine Nieren. Alles tat wieder so, als wäre alles, wie es sein soll. Tat so, denn eigentlich ist es das nicht. Ich sitze vor meinem Pult mit dem zerkratzten Plastikfurnier und den drei Brandflecken und ersticke. In meinen Lungen sitzt zu viel Luft fest. Mir ist, als wäre ich in einem engen Rohr lebendig begraben; ich kann so lange daran herumkratzen, wie ich will, das Metall ist zu hart. Ich atme immer heftiger. Jetzt muss gleich was passieren. Jetzt muss ich gleich der Klasse sagen, sie müssen mich zur Krankenstation bringen oder sie können gleich meinen Sarg bestellen.

Als ich hochschaue, um der Lehrerin zu sagen, dass ich in die Krankenstation muss, weil ich einen Asthmaanfall habe, sehe ich sie. Hinter der Tür. Sie. Schon wieder sie. Sie ist da. Hinter der Scheibe. Ihr aufgelöstes Gesicht ist an die Scheibe gepresst. Ihre Augen sind ängstlich. Ihre Kopfbewegungen sind zu schnell, um normal zu sein. Ihr strähniges schwarzes Haar zerteilt das Gesicht in Streifen. Als säße sie im Gefängnis, als wäre sie im Flur der Grundschule eingekerkert. Auf einmal begreife ich. Alles wird klar. Die Tränen heute früh. Ihre Schlaflosigkeit in der letzten Zeit. Dass sie nichts mehr aß. Und gestern Abend, als wir zusammen fernsahen, da sagte sie: *Sprich mit Bernard*

Derome. Das war der Moderator im Fernsehen. *Sag ihm, dass ich dich lieb habe. Los, sag ihm, dass ich dich lieb habe.* Jetzt wusste ich, was los war. Genau. Ihre Verrücktheit eroberte ihren Kopf. Genau jetzt, hier, in dem kleinen Fenster in der Tür zum Klassenzimmer der Zweiten, hier explodiert ihre Verrücktheit.

Alle anderen drehen sich zu mir um und schauen mich an: *Sissi, deine Mutter ist an der Tür. Sissi, deine Mutter ist da.* Ja, meine Mutter ist da. Viel zu da. Die ganze Zeit ist sie da und versaut mir mein Leben, ruiniert meine Existenz, macht aus meinem Leben eine Kugel, die ich mit mir rumschleppen muss, genau jetzt, wo sie anfängt zu schreien: *Gebt mir meine Tochter wieder! Gebt mir meine Tochter wieder! Ihr Chinesenbande! Judasbande! Gebt mir das Fleisch von meinem Fleische wieder! Gott sieht alles, er wird euch strafen!* Sie schreit diese bösen Sachen und hämmert gegen die Scheibe. Sie hämmert, so fest sie kann. Ihre schmalen weißen Hände klatschen flach auf das Glas. Jeder Schlag macht ein kurzes Geräusch: Peng! Peng! Peng! Jeder Schlag dringt zu mir durch und durchbohrt mich wie große rostige Nägel, die von einem großen rostigen Hammer getrieben werden. Und die anderen sagen: *Sissi, was hat deine Mutter? Sissi, was hat sie?* Ich möchte sie anschreien: *Haltet das Maul, ihr Arschlöcher! Kleine Doofköppe, ihr könnt ja nicht mal malen! Meine Mutter ist anders als eure Mütter, na und? Meine Mutter ist verrückt, na und? Lasst mich doch in Ruhe, ihr Arschlöcher! Fickt euch selbst!* Aber ich kann nicht sprechen, ich kann nicht mehr sprechen. Meine Lungen füllen meinen Mund aus, mein Blut, das schon seit heute Morgen so in meinen Adern pocht, schleudert mich nach hinten, hinter die Klasse. Alles, was in mir ist, schleudert mich hinter die Klasse: Blut, Haare, die hässlichen großen Zähne in meinem kleinen Clownsmund, meine Füße, meine Hände. Mein ganzes achtjähriges Kleinmädchengestell ist jetzt auf der Rückwand verteilt, ich kann nichts mehr machen, nicht mal mehr einen Asthmaanfall haben. Alles hält inne. Die Zeit gibt es nicht mehr. Mit einer allerletzten Anstrengung öffne ich die Arme weit und breite sie im Leeren aus.

Jetzt hat meine Mutter mich gekreuzigt. Sie hat mich dort ans Kreuz geschlagen, wo wir sonst die Mäntel hinhängen. Dort, wo niemand mich wird sehen können.

5   Borderline

A pervasive pattern of instability of interpersonal relationships, self-image, and affects, and marked impulsivity beginning by early adulthood and present in a variety of contexts.

DSM-IV, Borderline Personality Disorder

Dabei hatte ich mir doch vorgenommen, alles anders zu machen. Ein hübsches, ruhiges Mädchen zu sein. Ganz ruhig. Nicht mehr die Bohne nervös. Mich ernsthaft meinem Studium zu widmen, ernsthaft meinen Liebesgeschichten, meinen zu engen Kleidern. Dabei hatte ich mir doch vorgenommen, nichts mehr zu trinken oder jedenfalls nicht mehr als zwei-drei-vier-fünf-sechs-Glas-Brandy-pro-Tag. Aber nicht mehr. Wasser in meinen Wein und mein Bier zu gießen. Für meine Form zu sorgen, für meine Gesundheit, meine Schönheit. Zu trainieren, mindestens drei Mal die Woche im YMCA, und dabei jedes Gerät nach Benutzung sorgfältig abzuwischen, wie es die Hausordnung an der Wand verlangt. Dabei hatte ich mir doch vorgenommen, meinen Dreck rauszuschaffen, meinen Schrank aufzuräumen, meinen Hangar, mein Gedächtnis. Mein verficktes

Universum durchzulüften. Freundlicher zu den Leuten zu sein. Keine Paranoia mehr. Die Situation kühl und objektiv zu studieren, um nicht mehr Lust zu bekommen, Leuten, die über Sozialhilfeempfänger herziehen, die Fresse zu polieren. Nicht mehr in der Öffentlichkeit zu weinen, in Parks, der Metro oder in Einkaufszentren, denn das stört die Leute, die über Sozialhilfeempfänger herziehen. Meinen Nächsten zu lieben und für morgen vorzusorgen. Auf eine bessere Ernährung zu achten: keine gesättigten Fette mehr zu essen, denn das sättigt den Bauch. Nicht mehr so viel Fertiggerichte aus der Mikrowelle zu essen, die haben immer einen Nachgeschmack von Hiroshima. Und die Schweinereien wegzulassen: keine Schokolade mehr, keine Chips, kein Knabberzeug mehr beim Fernsehen, denn davon kriegt man einen fetten Arsch. Produktiver zu sein: mehr zu tun in weniger Zeit. Den Führerschein zu machen, um Auto zu fahren, Motorrad zu fahren, Autobusse zu steuern, Flugzeuge und Dampfer, um schneller zu sein. Ein fiktives Tagebuch zu führen, in dem ich meine Gedanken verschriftlichen kann, um sie einzudämmen und zu beherrschen. Mich zu beherrschen. Mit der ganzen Welt gut Freund zu sein, Hunde zu lieben, Katzen, Einwanderer und Außerirdische, mit allen auf gutem Fuß zu stehen, auch mit den Beinamputierten. Meine früheren Klassenkameraden und -innen aus der Grundschule anzurufen, die ich auf dem Pausenhof gequält habe, um mich zu entschuldigen, und wenn sie nicht mehr wissen, wovon ich rede, ihnen eine zu kleben, dann wissen sie's wieder. Dabei hatte ich mir doch vorgenommen, meine Worte im Zaum zu halten, politisch korrekt zu reden, nicht mehr zu sagen *Ein Neger mit 'm Ghettoblaster* sondern *Eine audiovisuelle Minderheit*. Dabei hatte ich mir doch vorgenommen, alles zu ändern: Die Sonne sollte nicht mehr wärmen, der Mond nicht mehr scheinen, die Wolken nicht mehr ziehen, die Berge und Winter sollten niemanden mehr umbringen, die Ozeane sollten nicht mehr nass sein. Alles ändern: das maskuline Nomen und das Adverb, das Adjektiv und das Pronomen. Ich ändere alles, um zu sein. Besser. Gut. Schön. Perfekt. Eine Hündin. In einem Labor. Die Kohlenmonoxid atmet.

Ja, das hatte ich mir alles vorgenommen. Vor einem Jahr. Ja ... wirklich. Ich schwöre. Aber dann kam dieser Typ mit den Locken, der vor meinem Bett saß und mir die Finger in den Mund steckte. Dann der Typ mit dem Indianerblut, der in meinem Bauch trommelte. Dann der andere Typ mit der Gitarre, so dünn, dass es kaum wahr sein konnte, der mir seine Haare in die Augen baumeln ließ. Und der andere Typ, der mich heiraten wollte, mir Kinder machen, der mir einen Bungalow mit Pool, zwei Rasenmäher, vier Dobermänner und hundert Vibratoren kaufen wollte, um wettzumachen, was ihm fehlte ... Und dann diese beiden auf einmal, die nicht aufhörten mit ihren Liebkosungen im goldenen Licht der Laterne.

Und dann kam dieses Mädchen.

Dieses Mädchen, blond wie ich, das mir die Innenfläche meiner rechten Hand geküsst hat, eines Abends, als wir besoffen waren wie zwei besoffene Mädchen. Dies Mädchen, das ich in einem Lyrikseminar kennen gelernt habe und auf das ich warte. Immer noch. Unaufhörlich. Genau jetzt. Ich warte.

Ich sitze auf dem Tresen der Pseudoküche in dem Pseudoloft, das ich kürzlich gemietet habe, zusammen mit dem Pseudolover, den ich mir angelacht habe, und ich warte. Damit ich auch wirklich nichts anderes tue, als auf dieses Mädchen zu warten, das mich so unendlich verwirrt hat, habe ich die Hände flach auf den Schenkeln. Und ich warte. Zu warten ist eine konstruktive Tätigkeit. Konstruktiv ... weil ich beim Warten im Kopf Schiffe baue, Luftschiffe und Wolkenschlösser. Schöne Luftschiffe und schöne Wolkenschlösser, denn das kann ich gut. Saugut! Meine Großmutter hat es immer gesagt: *Du taugst nur zum Geschichten machen. Geschichten machen, die deine Mutter in den Wahnsinn treiben.* Geschichten, die deine wahnsinnige Mutter in den Wahnsinn treiben ... Das kann ich gut. Ich verfüge über jahrelange Übung. Äußerst sorgfältig baue ich sie, meine Schiffe und Schlösser, mit Hammer und Nägeln. Viel Mühe und Sorgfalt verwende ich darauf. Aber es geht wie in der Geschichte mit den drei kleinen Schweinchen, jedes Mal kommt ein enormer Windstoß oder ein Atemhauch mit Mundgeruch, und wirft alles über den Haufen, und dann liege ich in tausend Scherben am Boden. Vielleicht, weil ich auch ein kleines Schweinchen bin? Das hat meine Großmutter auch immer gesagt: *Du bist ein verdorbenes kleines Ding, das reinste kleine Schweinchen!* Ein verdorbenes Schweinchen, das seine Barbies in dem Cindy-Haus immer nur nackt auszog. Mein Cindy-Haus war ein Riesenbordell. Ein Riesenbordell in meinem Kinderzimmer, in meinen Träumen, so wie die Luftschiffe und Wolkenschlösser.

Ich kann nicht behaupten, dass meine Luftschiffe und Wolkenschlösser besser wären als die Wirklichkeit, weil ohnehin alles immer gleich bleibt. Wenn ich die Augen schließe, ist es dunkel. Wenn ich sie öffne, ist es dunkel. Alles ist dunkel. Wie jetzt auch. Nur der goldene Schein der großen Straßenlaterne, der durch die Vorhänge fällt, erhellt mein Pseudoloft, das ich gemietet habe, um zu ficken. Alles ist dunkel. Als säße ich in einem dieser schwarzen Löcher im Weltraum. Als hätte mich dieses schwarze Loch seit Jahren umkreist und mich in einem Augenblick der Unaufmerksamkeit verschluckt. Jetzt ist alles dunkel. Die ganze Zeit dunkel. Außer ihren blonden Haaren, Saffies Haaren. Ich warte auf sie.

Keine Ahnung, wie es heute Abend mit Saffie sein wird. Überhaupt keine Ahnung. Also bin ich nervös, aufgeregt, aber das ist auch nicht anders als sonst, denn nervös und aufgeregt bin ich sowieso immer. Nervös und aufgeregt zu sein ist Teil meiner Persönlichkeit. Meiner kranken Persönlichkeit; krank, denn ich habe eine Therapie begonnen, und der Therapeut tief in seinem Sessel hat gesagt, ich habe eine kranke Persönlichkeit. Meine Persönlichkeit hat die Grippe. Nein, schlimmer, meine Persönlichkeit hat Krebs: eine Kugel, die in mir drin sitzt und sich von meinen Zellen ernährt, seit ich ganz klein bin. Und weil sie nicht rechtzeitig behandelt wurde, bin ich auf ewig mit ihr verbunden, bis ans Ende der Zeiten, bis zum Eintritt des Todes. Ich bin borderline. Ich habe ein Problem mit Grenzen. Ich unterscheide nicht zwischen außen und innen. Das liegt an meiner Haut, die ist umgekrempelt. Das liegt an meinen Nerven, die blank liegen. Mir ist es, als könnten alle Leute in mich hineinsehen. Ich bin durchsichtig. So durchsichtig, dass ich schreien muss, damit man mich sieht. Ich muss Lärm schlagen, damit man mich beachtet. Darum weiß ich auch nie, wann es genug ist. Darum fetze ich mit zweihundert Stundenkilometern durchs Leben. Darum wollen alle mir einen Strafzettel verpassen, wenn ich durch ihr Wohnzimmer komme. Ich renne alles über den Haufen. Die Grenzen sind zu verschwommen. Meine Wirklichkeit fasert aus. Ich irre durch einen Raum, der nicht mit Luft gefüllt ist, sondern mit Sex und Bier. Nichts ist festgelegt in meinem Leben: wer ich bin, was ich mal tun werde, was ich wert bin, worauf ich stehe – auf Männer, auf Frauen, auf gute Laune. Ich muss immer erst aussondern. Also heute Abend stehe ich auf zweierlei: Frauen und gute Laune. Denn jetzt kommt Saffie. Genau jetzt. Ich kann hören, wie sie die rosa Treppe des Hauses, in dem ich wohne, hochstapft. Mit Schwung. Das wird ein schöner Abend.

Ich öffne ihr die Tür, aufgeregt wie ein Backfisch. Saffie kommt rein. Sie ist aufgekratzt wie ein Floh auf einem Pudel. Wir kichern die ganze Zeit. Wir unterbrechen uns die ganze Zeit. Wir zappeln die ganze Zeit sinnlos rum. Wir setzen uns hin.

– Oh! Schau mal, ich hab mir ein Bild gekauft.

Wir stehen auf.

Wir setzen uns hin.

– Oh! Schau mal das Foto, das mein Freund gemacht hat.

Wir stehen wieder auf.

Wir setzen uns wieder hin.

– Oh! Was für Musik soll ich auflegen?
– Ich weiß nicht. Was hast du denn da?
– Ich habe … und …

Wir stehen wieder auf.

Wir setzen uns wieder hin.

So geht es bis zum dritten Glas Rotwein. Und dann auf einmal, peng!, wirkt der Alkohol. Wir bleiben sitzen.

Die Nudeln sind fertig. Wir essen ein bisschen was. Fettuccine Alfredo. Ich schaue zu, wie sie die langen Nudeln ansaugt, es ist, als würden sie ihr vom Teller bis in den Magen reichen. Saffie ist schön, finde ich, sogar mit vollem Mund. Ich habe keinen Hunger. Ich esse kaum was. Sie erzählt von ihren Freunden in Québec, von ihrer Familie in Québec, von ihrem Hund in Québec. Ich höre gar nicht richtig hin. Ich kann mich nicht richtig konzentrieren. Ich kann nur an sie denken. Seltsam. Ich muss immer daran denken, was sie gesagt hat: *Das zwischen uns ist Liebe unter Mädchen auf den ersten Blick.* Ich weiß nicht, wie genau sie das gemeint hat. Liebe wie Freundschaft? Oder Liebe wie Liebe? Ich weiß es nicht, ich weiß nur, dass sie mich verwirrt, überwältigt. Sie schmettert mich in meinen Stuhl, auch wenn ich äußerlich hübsch aufrecht dasitze, die Gabel in der Hand, von der eine Nudel baumelt.

Nach dem Abendessen gehen wir beide aus, in eine Bar. Groß was anderes könnten wir nicht tun, denn mein Pseudolover ist nach Hause gekommen und fängt gleich an, seine Pseudoscheiße zu labern. Er kann Saffie nicht leiden. Das ist deutlich spürbar. Er kann sie nicht leiden, weil er meine Entscheidungen nicht leiden kann. Also gehen Saffie und ich aus. Wir gehen die rosa Treppe des Hauses, in dem ich wohne, hinunter. Wir gehen in eine Homobar.

Wir machen die Haustür auf, schon sind wir im Schwulenviertel.

Wir gehen ein Stückchen. Es ist Winter. Es herrscht eine Saukälte, aber ich spüre nichts, obwohl mein Mantel weit auf das Leben geöffnet ist. Heute Abend würde ich gar nichts spüren, selbst wenn man mir den Brustkorb eindrückt.

Wir finden eine niedliche winzige Bar. Wir nehmen Platz, einander gegenüber, und trinken. Wir reden, wir lachen und trinken. Wir reden, wir lachen und trinken. Aber nach einiger Zeit halte ich es nicht mehr aus zuzusehen, wie ihre zu rosa Lippen das Rotweinglas berühren.

– Saffie. Ich möchte gern mit dir in ein Hotel gehen. Ich möchte neben dir einschlafen und morgen früh mit dir Eier zum Frühstück essen ... Eier und Toast, du und ich ...

Saffie lächelt mich an.

– Ich auch.

Das Hotel, in das wir gehen, ist scheußlich. Es sieht fast aus wie eine Tankstelle. Als der Kerl vom Empfang uns antanzen sieht mit unseren dicken Winterstiefeln, zwei Blondinen zusammen, dreht er fast durch. Er ist total nervös, stottert rum, kichert grundlos. Die ganze Zeit zeigt er uns seine großen Pferdezähne. Ich finde ihn lächerlich, vor allem, weil ihm alles auf den Tresen fällt. Der haut noch das ganze Hotel in Klump und Asche, so nervös macht ihn unser Anblick. Nach tausenderlei Hin und Her gibt er uns endlich den Zimmerschlüssel, mit einem breiten Grinsen, einem breiten, bettelnden Grinsen. Bei den Zähnen, na, ich danke!

Wenn man das Licht anmacht, ist das Zimmer zum Heulen hässlich. Wenn man das Licht ausmacht, ist es verzaubert, magisch wie von Disney. Wir duschen, erst die eine, dann die andere. Wir legen uns ins Bett, erst die eine, dann die andere. Wir gießen uns ein bisschen Wein ein. Ich habe vorsorglich welchen mitgebracht. Wir trinken aus demselben Glas. Dann beide aus der Flasche. Dann eine aus dem Mund der anderen. Ich nehme einen Schluck Wein und lasse ihn ihr in den Mund fließen. Sie nimmt einen Schluck Wein und lässt ihn mir in den Mund fließen. Die Schlucke werden immer größer, die Münder öffnen sich immer weiter. Die Zungen drücken den Wein in den Hals. Ich hebe die Bettdecke hoch. Ihr Körper sieht genauso aus wie meiner. Ich kann es kaum fassen. Dieselbe Größe, dieselben Brüste, dieselben Haare, dieselben fröhlichen Augen. Berühre ich mich da selbst? Bin ich voll auf einem narzisstischen Trip, oder was? Liege ich auf einem Spiegel? Zerbricht der Spiegel gleich, und ich ertrinke? Es ist bescheuert, aber auf einmal kriege ich Angst. Mein

Hals wird eng. Saffie legt mir die Hand auf die Brust und macht den Mund sehr, sehr weit auf, noch weiter. Sie trinkt aus meiner Speiseröhre wie mit einem Strohhalm; sie trinkt aus meiner Speiseröhre, was ich im Bauch habe. Sie trinkt meine Angst weg. Ihre Brüste werden voll, und unter ihrer Berührung meine auch. Komisch, wie vier Bälle, die aufeinander liegen.

Jetzt stehe ich auf allen vieren über ihr und küsse ihren Bauch. Sie ist so zart. Die Straßenlaternen werfen ein wenig Licht ins Zimmer, ich sehe den blonden Flaum zwischen ihren Beinen. Sie bewegt sie wie in einer Wiege. Ihre Beine öffnen sich, meine auch. Wir haben sie beide weit gespreizt. Ich senke den Kopf. Meine Zunge schlüpft in ihren Bauchnabel und wieder heraus. Dann malt meine Zunge kleine Spuckepfade von ihrem Nabel zu ihren Leisten. Unsere Beine öffnen sich noch weiter, sie hören gar nicht mehr auf, ich hätte nie gedacht, dass Beine so weit gehen können. Als wollten wir uns aufeinander legen, Loch gegen Mund. Sie winselt. Mir gefällt, was sie macht. Ich richte mich auf. Ich sehe, wie sie die Augen aufmacht. Ihre großen Kuhaugen. Ich rutsche etwas höher, küsse ihre Brüste. Dann küsst sie meine. Ich bin so erregt, dass ich platzen könnte, dass ich mich überall in dem scheußlichen Zimmer verteilen könnte. Ich halte es fast nicht mehr aus. Ich habe Lust auf sie. So sehr Lust, dass mir der Bauch wehtut. Aber wenn ich innehalte und sie ansehe, bekomme ich Angst. Wieder einmal Angst. Sie ist mir zu ähnlich. Irgendwas stimmt hier nicht. Und wenn dieses Mädchen mein Klon ist? Oder schlimmer noch, ich ihrer? Wenn ich ihr gehöre und sie sich holen will, was sie braucht, weil sie weiß, dass sie todkrank ist? Wenn sie sich meine Leber holen will, meine Milz, mein Herz? Wenn ich immer nur gelebt habe, um sie zu retten? Als Ersatzteillager? Ihr eigenes Ersatzteillager? Nein! Die kriegt mich nicht! Das kommt überhaupt nicht in Frage! Sie kriegt mich nicht. Ich zerkratze ihr das Gesicht, dass sie keiner mehr erkennt. Ich ramme ihr die Faust in den Hals bis runter zum Magen. Ich haue ihr die Wirbelsäule entzwei. Ich zerschlage die Weinflasche und schiebe ihr die Scherben in die Fotze … Ich … Ich … Hör auf mit dem Blödsinn, schalte die Gedanken ab, du verrücktes Huhn, denke ich. Das ist der Stress. Die Nerven sind das. So läuft das immer, wenn ich in einer neuen Situation bin. Sieh sie an. Sie will dir nichts Böses, sie will nur, dass du sie streichelst. Sieh, wie sie sich windet, sie sehnt sich nach deinen Berührungen. Saffie zwinkert mit den Augen und lächelt mich an. Und ich sie.

Ich lasse meine Hand zu ihrem Loch wandern und stecke ihr einen Finger rein. Dann zwei. Dann drei. Dann fast die ganze Hand. Wenn ich könnte, ich würde ihr den Unterarm reinstecken, bis zum Ellbogen, den ganzen Arm, die Schulter, Hals, Kopf, Oberkörper. Hineinkriechen würde ich in sie. Ich lasse meine Finger in ihr kreisen. Das finde ich immer toll, Finger, die in mir kreisen. Deswegen denke ich, ihr gefällt das auch. Sie miefert wie ein kleiner Welpe, der träumt. Ich halte mit allen Bewegungen inne und richte mich auf. An einem Arm ziehe ich sie zu mir. Jetzt sitzt sie am Fußende des Betts, ganz schlaff, jeden Moment könnte sie zurücksinken, auf das Bett. Aber ich will, dass sie aufrecht sitzen bleibt, das mache ich ihr mit fester Hand klar.

Ich schiebe ihre Beine auseinander und nähere meinen Mund ihrem Loch. Das erste Mal, dass ich das tue. Es ist ganz weich. So weit bin ich noch nie mit einem Mädchen gegangen. Nie. Ihr Saft läuft mir in den Mund, so süß wie ein Bonbon. Ihr Saft läuft über meine Zunge, über meinen Gaumen, ihr Duft erfüllt mein Gehirn. Ich bin wahnsinnig erregt. Saffie ist wahnsinnig erregt. Sie sitzt auf dem Bettrand und windet sich wie eine Katze, die jemand an den Zaun gebunden hat. Ich lasse meine Zunge weiterwandern. Es sieht aus, als würde Saffie um sich selber kreisen, fast trudelt sie durchs Zimmer. Ich kauere zwischen ihren Beinen und schaue sie an. Über meinem Kopf streichelt sie sich die Brüste. Ziemlich heftig, finde ich. Und sie stöhnt die ganze Zeit, ohne Luft zu holen. Das macht mich benommen. Mir dreht sich der Kopf. Ich habe Bauchweh. Was ist los? Ich lasse meine Zunge mechanisch weitermachen und versuche, mich in meinem Kopf zu verstecken. Das hier geht mir zu schnell. Alles geht mir auf die Nerven. Meine Nerven zerreißen gleich. Weil ich noch ein blondes Mädchen im Zimmer gesehen habe. Aber ein kleines. Ich habe ein kleines blondes Mädchen durch das Hotelzimmer gehen sehen. Drei Mädchen in einem Hotelzimmer, das ist zu viel. Zu viel für mich. Ich muss aufstehen und hier raus. Ich muss aufstehen. Ich versuche aufzustehen, aber Saffie packt meinen Kopf und hält ihn zwischen ihren Beinen fest. Sie schreit.

Jetzt ist alles still. Jetzt ist alles ruhig. Sie schläft. Ich bin verloren. So ist es also, mit einem Mädchen zu schlafen. Mehr nicht. Mir fehlt was. Ihr fehlt auch was. Nachdem sie geschrien hatte, hat sie versucht, sich auch um mich zu kümmern. Versucht hat sie es, aber sie hatte keine Energie mehr, nicht den richtigen Schwung, und mich hat es bald angeödet, ich fühlte zu viel hier. Und in meinem Kopf war so viel Lärm, ich konnte mich nicht konzentrieren. Also habe ich zu ihr gesagt, wir sollten lieber schlafen. Sie war einverstanden. Jetzt schläft sie. Sie schläft, und sie schnarcht wie ein kleines Mädchen, das schnarcht. Die Vorhänge des scheußlichen Zimmers sind einen Spalt weit offen. Es schneit. Hinter den dicken Schneeflocken sehe ich die Place Dupuis. Ich muss an die Uni denken. Wie wird es sein am Dienstag? Ich. Saffie. Nebeneinander im Lyrikseminar? Ich muss an nachher denken. Ich werde nach Hause gehen, in mein Pseudoloft zu meinem Pseudolover. Er wird nicht schimpfen, dass ich ihn mit einer Frau betrogen habe, dass ich ihm mit einer Frau das Herz gebrochen habe. Nein. Er wird den Mund halten und mich vögeln. Mich vögeln, weil er die ganze Nacht mit einem Ständer dagelegen und an seine Freundin gedacht hat, an das Mädchen, das er mehr liebt als alles andere auf der Welt, wie er sagt, das sich mit einem anderen Mädchen vergnügt, das er mehr lieben könnte als alles andere auf der Welt. Er wird mich vögeln, heftig und wütend, und seine Bewegungen werden mich beruhigen. Sein Schwanz und seine Hin-und-Her-Bewegungen werden mich beruhigen. Dann bin ich wieder auf vertrautem Gelände, nichts kann mir passieren. Hinterher wird er blutige Lippen haben, weil er sie sich zerbissen hat. Meine Lippen werden prall sein. Einfach nur prall und ruhig; ruhig, weil ich die Spielregeln mit den Jungs kenne. Mit Mädchen ist es anders, es ist kompliziert. Mit Saffie sind die Spielregeln ganz durcheinander. Saffie will experimentieren, sie will ausprobieren, wie es ist, es mit einem Mädchen zu treiben. Und zwar auf meine Kosten, das wird sich herausstellen, früher oder später. Im Augenblick bin ich ein Teil ihrer Experimente mit den Dingen des Lebens. Im Augenblick probiert Saffie das Leben an mir aus. Auf einmal fühle ich mich, als wäre ich ihr kleines Versuchskaninchen und säße in einem Labor: Alles ist nummeriert, alles hat einen bestimmten Ort und eine bestimmte Zeit, so kann man die Gefühle gut im Zaum halten. Meine Gefühle sind aber gewaltig durcheinander. Ich zerfalle und setze mich wieder zusammen, je nachdem, wie meine Geschichten laufen. Ich bin ein Zirkusmädchen auf einem

Silberdraht, ohne Netz, das jeden Moment abstürzen kann. Die Grenzen sind zu verschwommen, das habe ich ja schon gesagt. Ich bin borderline.

6 Meine Großmutter, Bauklötze und ein paar Tests ...

Ich sage ihm, dass in meiner Kindheit das Unglück meiner Mutter den Platz des Traums eingenommen habe. Der Traum, das sei meine Mutter gewesen, und nie die Weihnachtsbäume, nein, immer nur sie ...

Marguerite Duras, ›Der Liebhaber‹

Ich bin sieben und ich gehe durch die Flure des Hôpital Notre-Dame. Meine Großmutter hält mich an der Hand. Ihre Hand drückt meine ganz fest. Wenn sie nicht aufpasst, denke ich, dann reißt sie mir noch den Arm ab, die alte Verrückte! Sie tut mir weh, ich jammere. *Omi, das tut weh!* Aber sie hört nichts. *Omi, du machst mir aua, verdammt!* Sie hört immer noch nichts, obwohl ich geflucht habe. Was ich gesagt habe, ist von dem ununterbrochenen Wörterstrom überdeckt worden, der aus ihrem Mund quillt, einer Art Gegrummel. Wie ein Donnergrollen über meinem Kopf. Meine Großmutter murmelt Sachen, die ich nicht verstehe. Aber das macht nichts, wahrscheinlich ist es sowieso dummes Zeug.

– Eine reicht vollkommen, was müssen es gleich zwei sein! Nein, die kriegen sie nicht! Ich werd mich verteidigen! Ich verstecke sie.
– Wen willst du verstecken, Omi? Hm, wen?

Sie antwortet nicht. Mir doch egal. Hastig gehen wir durch die Flure, die nach Krankheit riechen und nach dem Tod meines Großvaters. Hier, im Hôpital Notre-Dame, ist mein Großvater gestorben. Im Hôpital Notre-Dame, an einem Sonntagnachmittag im Mai. Die Sonne schien. Ich wollte draußen spielen, aber ich durfte nicht, ich sollte am Empfang der Intensivstation warten. Die Krankenschwestern kümmerten sich um mich. Ich weiß noch. Wir spielten Verstecken, die Krankenschwestern, ich und die blaue Puppe. Meine blaue Puppe, die ich von unserer Nachbarin bekommen hatte, der alten Hexe, eines Tages, als ich weinte, wahrscheinlich, um eine Puppe zu kriegen. Meine blaue Puppe, die ich mehr liebte als alles auf der Welt, sogar mehr als meine beiden verrückten Mütter, meine blaue Puppe ist mit meinem Großvater gestorben. Nach dem Tod meines Großvaters, als ich an der Hand meiner Mutter und meiner Großmutter aus dem Krankenhaus gegangen war, seit jenem Tag habe ich meine blaue Puppe nicht wiedergesehen. Nie wieder.

Jedes Mal, wenn ich meine Mutter besuchen komme, jeden Sonntag, wenn ich durch die Flure vom Hôpital Notre-Dame gehe, schaue ich mich suchend um, ob ich nicht irgendwo meine Puppe sehe. Ich weiß zwar genau, dass sie sie weggeworfen haben, aus Angst, ich könnte mir Bakterien einfangen, aber ich gebe die Hoffnung nicht auf, sie hier zu finden. Ich weiß, dass das eine Geschichte ist, die ich mir ausdenke, eine der vielen Geschichten, die ich mir selber erzähle. In meinem Kopf ist eine Riesenmenge Geschichten. Eine Menge Geschichten, in denen ich eine Prinzessin bin und alles Spielzeug der Welt angebracht bekomme, sogar die neue Hawaii-Barbie, die ich neulich bei *Peoples* gesehen hab. Um die zu kriegen, würde ich alles tun.

Heute komme ich erst gar nicht dazu, in den Fluren nach meiner blauen Puppe Ausschau zu halten, meine verfluchte Großmutter geht einfach zu schnell. Sie geht so schnell, dass ich bei ihrem Schrittrhythmus nicht mithalten kann. Meine Schritte sind zu klein. Ich mache einen Schritt, zwei Schritte, dann laufe ich ein bisschen. Und wieder ein Schritt, zwei Schritte, dann laufe ich ein bisschen. Hoffentlich kommen wir bald an, so langsam reicht es mir wirklich. Umso mehr, als meine Großmutter mich heute in aller Herrgottsfrühe geweckt hat. Sie hat mich geweckt, um mich anzuschauen. Das ist mal ein Zeitvertreib! Wir setzten uns in die Küche, einander gegenüber, ich gegenüber von der alten Schachtel, und sie gab mir meine *Flintstones*-Vitamine. Zwei Stück gab sie mir, die ich genüsslich zerkaute. Die sind so gut, ich könnte das ganze Glas auf einmal aufessen. Dann löffelte ich meine *Raisin*

Brans, und die ganze Zeit saß meine Großmutter da und sah mir zu, musterte mich aufmerksam, als hätte sie mich noch nie gesehen oder würde mich nie wiedersehen. Richtig Gänsehaut machte mir das.

Ich bin es gewohnt, ins Hôpital Notre-Dame zu gehen. Absolut gewohnt, vor allem sonntags, das ist der Besuchstag für Kinder. Aber heute ist gar nicht Sonntag, und trotzdem sind wir im Krankenhaus und gehen durch die Flure. Normalerweise legt meine Großmutter Wert darauf, dass ich für die Besuche bei meiner Mutter den lachsrosa Mantel anziehe, den ich mehr hasse als alles andere auf der Welt. Meine Großmutter sagt, ich sehe darin so proper aus und meine Mutter sieht mich gern damit. Dass der Mantel höllenteuer war, und wenn ich ihn nicht tragen will, dann sieht man daran, wie böse ich bin und dass ich ihr nur Kummer machen will, dass ich sie ihr Geld vergeuden lassen will, dass das Geld nicht auf den Bäumen wächst, dass ich immer zu viel Brot esse und immer zu viel Butter draufmachen will und nie mit was zufrieden bin, dass ich faul bin, dass ich immer trödele, dass ich verzogen bin, dass aus mir nie was wird, dass ich als Fürsorgeempfängerin enden werde mit einem Mann, der mich schlägt, und mit vier Kindern an den Hacken und blablabla. Normalerweise gehe ich ins Krankenhaus, damit meine Mutter den lachsrosa Mantel an mir sieht, den ich unendlich hasse.

Wenn ich reinkomme, setzt sich meine Mutter in dem Bett auf, in dem sie liegt, und lächelt mich an. Sie sieht aus wie ein Junkie, meine Mutter. Ein Junkie, der gerade seinen Schuss gekriegt hat. Ihr Lächeln ist genauso glasig wie ihre glasigen Augen. Ihr Lächeln ist auch blass, so wie ihre blasse Haut. Meine Mutter breitet die Arme aus, damit ich hineinfliege. Ich gehe langsam auf die ausgebreiteten Arme meiner Mutter zu, fliegen tue ich nie. Meine Mutter sieht dermaßen zerbrechlich aus, dass ich Angst habe, ich könnte sie zertrümmern oder zerreißen. Mir kommt es vor, als hätte ich ein Plakat mit meiner Mutter drauf vor mir. Aber nicht das richtige. Nicht das, auf dem sie lächelt und sich stundenlang schminkt und bis zwei Uhr nachmittags schläft und jammert, dass ihr vor lauter Nichtstun die Füße schmerzen. Nein, das andere. Das Plakat von den dunklen Tagen, an denen alles voll dicker grauer Wolken hängt.

Unter den Neonlampen des Krankenhauses sind die Arme meiner Mutter voll blauer Adern. Die Arme meiner Mutter sind kalt. Auch darum will ich ihr nicht in die Arme fliegen. Meine Mutter ist kalt. Kalt und verloschen. Aber sie ist nicht schuld daran. Schuld ist, dass ihr so ein paar kleine Brücken im Gehirn fehlen. Das hat mir ein Doktor erklärt. Offenbar haben wir lauter kleine Brücken im Gehirn, auf denen die Wörter von einer Stelle zur anderen kommen. Meiner Mutter fehlen manchmal welche, das kommt ein paar Mal pro Jahr vor. Man könnte es so sagen, sie geht für Reparaturarbeiten ins Hôpital Notre-

Dame, für Brückenbauarbeiten. Ich selber würde es eher so ausdrücken, dass das Gehirn meiner Mutter ein paar Free Games veranstaltet und man sie deshalb einsperren muss.

Wir gehen immer noch durchs Hôpital Notre-Dame, ich mit meiner Großmutter, die meine Hand immer noch genauso festhält. Wir gehen durchs Krankenhaus, aber diesmal erkenne ich die Flure nicht, durch die wir kommen. Das Gebäude ist aber schon der Pavillon Mailloux, die Abteilung für die Verrückten. Wahrscheinlich sind wir in einer anderen Etage.

– Omi, gehen wir nicht Mama besuchen?

Sie antwortet nicht und grummelt nur weiter rum. Pah! Behalt doch deine Geheimnisse für dich, alte Hexe! Ich glaube, heute früh hat sie über meine Mutter gesprochen. Ich glaube. Als ich meine *Flintstones*-Vitamine gegessen habe und die *Raisin Brans*, damit ich regelmäßig kann, hat sie, glaube ich, gesagt, wir gehen meine Mutter besuchen. Oder hat sie nur gesagt, wir werden herausfinden, ob ich wie meine Mutter bin oder gegen meine Mutter bin? Ich weiß nicht mehr. Meine Großmutter erzählt sowieso immer dummes Zeug. Und ich war heute früh so müde. Alle zwei Minuten sackte mir der Kopf auf den Tisch. Und meine Großmutter saß mir gegenüber und starrte mich an, die Arme auf den weißen Küchentisch gestützt. Sie war nervös, und ich war so müde. Meine Augen fielen ganz von selber zu. Und sie schrie mich an: *Iss auf! Dann können sie wenigstens nicht behaupten, du bekämst von mir nicht genug zu essen! Sie sollen sehen, dass du gesund bist. Iss auf!*

Zum ersten Mal gehe ich ohne meinen lachsrosa Mantel durchs Krankenhaus. Ich bin froh. Endlich habe ich an, was ich anhaben mag: meine schwarzen Jeans mit der gestickten Elvis-Gitarre auf der rechten Tasche und den schwarzen Rollkragenpulli. Ich würde mich gern im Vorübergehen in den Glasscheiben spiegeln und sehen, wie ich aussehe, aber es ist dasselbe wie mit der blauen Puppe, wir gehen zu schnell, verdammt! Ich kann mich nicht mal in den Glasscheiben der Krankenhaustüren sehen. Pah! Nachher gehe ich aufs Klo, da kann ich mich anschauen. Ganz, ganz lange.

– Omi, gehen wir nachher in die Cafeteria?

Sie antwortet immer noch nicht, die alte Kuh. Da könnte man gleich mit einem Teller chinesischer Nudeln reden, Scheiße nochmal.

– Gehen wir nachher in die Cafeteria, Omi? Sag ja!
– Nachher, jaja.

Sie hat geantwortet! So eine Überraschung! Ich war schon gewohnt, ganz allein zu reden. Ich bin sowieso daran gewöhnt. Ich habe jahrelange Erfahrung. Ich verbringe meine Tage im Selbstgespräch. Wie wenn ich mit meinen *Fisher-Price*-Männchen spiele. Ich baue Häuser aus Legosteinen und lasse meine Familien aus *Fisher-Price*-Männchen da einziehen, und wie die reden und reden! Das ist was anderes als die ewige Stummheit, die mich umgibt. Unter der gelben Glühbirne ohne Lampenschirm an der Küchendecke herrscht ewiges Schweigen. Mindestens acht Monate im Jahr, wenn meine Mutter im Krankenhaus ist, und sogar, wenn sie hier ist! Stille. Also baue ich solange Häuschen aus Legosteinen und bringe all meine Familien aus *Fisher-Price*-Männchen darin unter und stelle mir vor, ich wäre das mit meiner Familie und wir würden miteinander reden und wären glücklich, wir lächeln, meine Mutter ist nicht krank und Weihnachten feiern wir richtig, wie es sich gehört, mit Weihnachtsbaum und schön eingepackten Geschenken und vielen, vielen Gästen. Neulich hab ich aus Legosteinen ein Haus für mich bauen wollen. Aber ich hab nur bis zu den Knöcheln reingepasst, ich hatte nicht genug Legosteine. Ich hab mir kein Haus bauen können.

– Gleich sind wir da. Dass du dich ja benimmst. Und sei nicht nervös. Zeig ihnen einfach nicht, dass du nervös bist. Das sind sowieso alles gottverfluchte Hündinnen, murmelt meine Großmutter.

Vor mir und meiner Großmutter stehen zwei Frauen. Eine jüngere und eine weniger junge. Die junge ist braun und beige gekleidet und lächelt mich die ganze Zeit an. Die andere in einem weißen Kittel schaut besorgt drein. Meine Großmutter sagt ein paar Sätze zu ihr, sie klingt aggressiv. Jetzt schaut die andere noch besorgter drein. Ich weiß nicht, was meine Großmutter zu ihnen gesagt hat, weil mein Kopf voll mit lauter so kleinen Flammen ist. Das passiert mir immer, wenn Leute, die ich nicht kenne, mich ansehen. Ich habe nicht verstanden, was meine Großmutter gesagt hat, aber ihrem Ton nach zu urteilen war es nicht lustig. Manchmal ist meine Großmutter wirklich total doof. Ich weiß, wovon ich rede. Zwei, drei Bemerkungen, und sie hat alle meine Freunde vertrieben. Sie trollen sich mit hängenden Köpfen. Nur ich kann meiner Großmutter die Stirn bieten, aber hinterher geht es mir miserabel.

– Bitte, Madame, haben Sie doch Verständnis. Kommen Sie bitte mit. Wir unterhalten uns. Es geht doch um das Wohlergehen des Kindes.
– Nein, ihr kriegt sie nicht, regt meine Großmutter sich auf.

Das Kind bin ich, das weiß ich, aber ich weiß nicht, was tun. Die Dame möchte sich mit meiner Großmutter über mein Wohlergehen unterhalten. Mein Wohlergehen, was soll das sein? Wollen sie mir Schecks geben wie meiner Mutter? Meine Mutter kriegt immer Schecks von der Wohlfahrt, und dann ergeht es ihr wohl. Sie lächelt. Sie sieht glücklich aus. Wenn es darum geht, wenn sie mir jetzt auch Wohlfahrtsschecks geben wollen, gern! Das wäre ein gutes Geschäft. Dann kann ich mir die Hawaii-Barbie kaufen, die ich bei *Peoples* gesehen habe, und meiner Großmutter unter die Arme greifen, die immer sagt, das Geld reicht hinten und vorne nicht und wir haben nicht genug zu essen.

Endlich lässt meine Großmutter meine Hand los. Das war auch Zeit, meine Finger sind schon ganz blau. Kein Blut mehr drin. Sie hält meine Hand immer so fest, wenn sie nervös ist. Sehr fest. Sie merkt es gar nicht. Die Frau, die mir zulächelt, sagt, ich soll mit ihr mitkommen. Ich schaue meine Großmutter an, ob ich darf, aber sie schaut nur ins Leere. Also gehe ich mit der jungen Frau mit. Wir gehen durch die Flure, sie stellt mir Fragen, sie versucht, mich abzulenken, damit ich keine Angst habe, ganz klar. Sie fragt mich, was ich heute früh gegessen habe, was ich am liebsten spiele. Und sie sagt, ich habe eine schöne Hose, eine schöne Elvis-Hose. Sie fragt mich, ob ich Elvis kenne. Na, und ob ich den kenne! Ich stehe ganze Tage lang vor dem Spiegel und singe und tanze wie er. Ich stelle mir vor, ich bin er, ein *Big Rock Star*, und alle Leute mögen mich, und meine Großmutter lobt mich die ganze Zeit, weil sie so stolz auf mich ist. Und ich verdiene viel Geld, einfach mit Liedersingen. Ich verdiene viel Geld und ich baue für meine Großmutter und meine Mutter und mich ein großes Haus, um darin Weihnachten zu feiern. Aber das erzähle ich ihr nicht, der Frau, die so viel lächelt. Oh nein, ich weiß, dass ich den anderen nicht alles erzählen darf, meine Großmutter hat mich gewarnt: *Erzähl nicht immer alles rum, die verwenden das gegen dich. Die ganze Wahrheit ist oft zu viel! Außerdem denken die nachher noch, du bist genauso verrückt wie deine Mutter, und dann sperren sie dich auch ein.* Also halte ich den Mund und behalte meine *Big Rock Star*-Geschichten für mich. Ich weiß, dass das nur eine von den Geschichten ist, die ich mir erzähle. Ich erzähle mir zu viele Geschichten. Die ganze Zeit zu viele Geschichten. Meine Fantasie läuft über, sie kommt immer über den Rand, wie meine Buntstifte beim Ausmalen im Heft. Ich hab tausend Leben im Kopf. Tausend Leben, bei denen ich Zuflucht suchen kann. Aber auch das erzähle ich der Frau, die mich so viel anlächelt, nicht. Ich erzähle ihr nur, dass ich Elvis kenne, weil meine Mutter alle seine Platten hat und er der King of the Kings ist. Das muss reichen.

Die Frau, die mich so viel anlächelt, sagt, dass sie Aline heißt. Sie fragt mich, wie ich denn heiße. Sissi. Sie findet das einen hübschen Namen, sie sagt, da heiße ich ja wie die Kaiserin, das ist ein Name wie für eine Prinzessin. Das sagen immer alle. Aline bringt mich in einen kleinen Raum ganz voll Sonne. Alles ist weiß: Wände, Decke, Boden, Tische und Stühle. Das Sonnenlicht, das durch die großen Fenster reinkommt, macht den Raum blendend hell, es tut mir in den Augen weh. Nur ein großer Spiegel bringt ein bisschen Farbe in den Raum. Aline sagt, ich soll kurz warten. Sie geht hinaus in ein anderes Zimmer und kommt zurück, die Arme voller Bauklötze in allen Farben, Papier, Buntstifte und Wasserfarben. Sie sagt, jetzt werden wir viel Spaß haben. Daran, wie sie das sagt, kann ich erkennen, dass sie Angst hat, ich könnte heulen und sagen, ich will zu meiner Großmutter, ich will hier weg. Aber da liegt sie völlig falsch. Alles in Ordnung, sie braucht keine Angst zu haben. Diese Aline scheint ganz nett zu sein. Außerdem hat sie jede Menge Stifte und Papier und Bauklötze, was will ich mehr? Meine Großmutter? Oh nein, die ist mir heute viel zu blöd.

Aline und ich setzen uns an einen kleinen, grellweißen Tisch. Jetzt sagt sie, ich soll ihr eine Zimmerdecke malen. Ich male ihr eine Zimmerdecke. Sie sagt, ich soll an die Decke eine Glühbirne malen. Ich male ihr an die Decke eine Glühbirne. Sie fragt, was genau eine Glühbirne macht. Ich antworte, sie hält die Decke fest. Aline schaut mich verdattert an. *Nein, Aline, also wirklich, sie macht Licht.* Aline atmet durch. Sie wirkt erleichtert. Jetzt sagt Aline, ich soll ihr ein Haus und eine Familie malen. Bitte sehr, mache ich, und zwar die große Ausführung: Familie, Haus, Katze, Hund, Rasenmäher. Nur mit dem Pool hab ich ein bisschen Probleme, der Platz reicht nicht ganz. Aline schaut das fertige Bild an. Sie sieht überrascht aus. Ich hab's ihr ganz schön gezeigt.

Aline fragt mich, warum der Papa ganz rot im Gesicht ist und die anderen nicht. Ich sage, das ist, weil meine Großmutter einen Ziegelstein nach ihm geworfen und er ihn voll auf die Nase gekriegt hat. Jetzt liegt er auf dem Boden und ist k.o. Aline reißt die Augen auf. Ich merke, dass sie sich für meine Geschichten interessiert. Kann sie haben. Ich lege los. Und erzähle. Lange.

Eine Stunde, zwei Stunden, drei Stunden, ich höre nicht auf zu reden. Zu malen und zu reden. Zu malen, Bauklötze in kleinen Kreisen zu legen und zu reden. Und Aline stellt mir Fragen über Fragen. Aber jetzt geht mir das so allmählich auf den Wecker. Ich finde, ich habe meine Großmutter schon reichlich lange nicht mehr gesehen. Langsam kommt mir das verdächtig vor. Aline schaut mich an und sagt:

– He! Ein schönes Bild ist das! Ein hübsches kleines Schaf!
– Das ist kein Schaf, das ist ein Tampax von Mutter Elefant!
– Hoppla! Was hast du denn, Sissi? Du bist so blass!
– Das liegt daran, dass ich Klopapier gegessen hab, als ich drei war!
– Ich glaube, du bist müde … Du willst zu deiner Großmutter, oder?
– Ja.
– Komm, wir gehen zu ihr. Du bist fleißig gewesen.

Sie nimmt mich bei der Hand und geht neben mir durch die Flure vom Pavillon Mailloux im Hôpital Notre-Dame. Ihre Hand ist zart und warm. Ihre Hand liegt wie ein

Streicheln in meiner. Ihre Hand ist nicht wie die von meiner Großmutter, voll Arthritis und jederzeit bereit, mir die Gelenke zu brechen. Nein. Aline hält meine Hand ganz sacht, ohne zu drücken, ohne mir die Finger zu zerquetschen. Wir gehen langsam. Ich kann in alle Räume reinschauen und sehen, was da läuft. Hier sind viele Kinder. Aber die meisten schauen komisch drein; manche ziehen sich an den Haaren und murmeln seltsames Zeug. Andere schreien, als wäre ihnen eine Armee Marsmenschen auf den Fersen. Und noch andere haben genauso einen glasigen Blick wie meine Mutter. Denselben Blick wie meine Mutter.

Auf einmal kommen wir zu einem kleinen Büro. Ich sehe sie. Meine Großmutter steht vor der anderen Frau von vorhin, die auch steht, hinter einem großen Schreibtisch. Das Zimmer ist superhell. Das Tageslicht fällt so hell herein, dass ich nur die Umrisse der beiden Frauen erkennen kann. Meine Großmutter wirft ihr mit sehr harter Stimme hin:

– Ihr kriegt sie nicht! Ich werde mich verteidigen!

Ich spüre ihre Worte, und mir geht es schlecht. Ich mag es nicht, wenn meine Großmutter sich dumm anstellt. Es ist mir peinlich für sie. Ich mag es nicht, wenn sie auf diese Weise für Aufmerksamkeit sorgt.

Aline sagt, ich soll mich auf eine Bank setzen, da, neben dem Büro. Sie geht rein zu meiner Großmutter und macht die Tür hinter sich zu. Nur schließt die Tür schlecht, und ich kann alles hören, was sie sagen, wenn nicht gerade Kinder schreien.

– Nicht doch, Madame ... Beruhigen Sie sich bitte. Seit drei Stunden rede ich Ihnen jetzt zu. Meine Kollegin sagt, die Ergebnisse liegen vor.

Aline ergreift das Wort:

– Die kleine Sissi ist ein hyperaktives Kind ... nervös, kein Wunder bei alldem, was um sie herum an Dramatischem passiert, aber sie ist sehr kreativ. Die ganzen Geschichten, die sie sich ausdenkt, sind absolut gesund für sie, und ... Die Krankheit ... wie Ihre Tochter ... ihre Mutter ... eingeliefert ...

Jetzt kann ich nichts mehr hören. Ärzte kommen vorbei, mit schreienden Kindern. Die kleinen Arschlöcher. Ich hätte auch Lust zu schreien, aber ich beherrsche mich.

Ich beherrsche mich. Ich beherrsche mich.

Ich beherrsche mich dermaßen, dass ich mit aller Kraft von innen auf meine Wangen beißen muss. Ich will nicht, dass sie mich hier behalten wie meine Mutter. Ich will nicht. Ich habe doch schöne Bilder gemalt. Ich habe doch schöne Geschichten erzählt. Ich habe doch gemacht, was meine Großmutter mir gesagt hat, ich habe nicht alles erzählt, damit sie es nicht gegen mich verwenden können. Gegen uns, mich, meine Großmutter und meine Mutter. Gegen. Ich will nicht hier bleiben. Ich hab nichts Böses getan.

Ich schaue meine Hände an, ich lege sie mir auf die Augen und drücke sie fest darauf; den Kopf lege ich auf meine Beine.

Ich singe.

Schlaf, Kindchen, schlaf.
Du bist ein dummes Schaf.
Deine Mutter ist eine verrückte Kuh,
Schlaf und mach die Augen zu.
Schlaf, Kindchen, schlaf.

7   Borderline (Fortsetzung)

Individuals with Borderline Personality Disorder make frantic efforts to avoid real or imagined abandonment. The perception of impending separation or rejection, or the loss of external structure, can lead to profound changes in self-images, affect, cognition, and behavior.

DSM-IV, Borderline Personality Disorder

Es ist jetzt eine Woche her, und ich habe sie nicht angerufen. Ich weiß nicht, ob sie versucht hat, mich anzurufen. Ich hab das Telefonkabel aus der Wand gerissen. Das Loft ist still, fast wie unbewohnt. Ich bin die ganze Woche lang allein gewesen. Verloren in meinem großen Loft. Allein. Die meiste Zeit habe ich mitten in der Wohnung gesessen und aus den riesigen Fenstern gestarrt. Ich habe drei riesige Fenster, die eine Wand fast zur Gänze ausfüllen. Wenn es tagsüber regnet, ist das Licht wunderschön auf meiner Haut. Dann glänze ich geradezu. Als hätte ich geschwitzt. Als hätte ich gevögelt und dabei geschwitzt. Seit einer Woche habe ich nicht mehr gevögelt. Weder mit Saffie. Noch mit meinem Pseudolover. Noch mit sonstwem. Und seit einer Woche habe ich nicht mehr getrunken. Aber jetzt reicht's, finde ich. Ich habe ein neues Telefonkabel gekauft.

– Sissi! Ich hab so lang nichts von dir gehört. Die ganze Woche hab ich versucht, dich zu erreichen. Was ist passiert? Im Seminar bist du auch nicht gewesen!
– Ich wollte mich ausruhen.
– Was ist denn passiert?
– Hast du Lust, dass wir uns treffen?
– Warte ... ich komme sofort vorbei.

Saffie kommt zu mir. Ohne anzuklopfen, kommt sie rein. Sie kommt in meine Wohnung wie in eine Scheune. Ich begrüße sie nicht. Ich sitze da, an meinem Platz, mitten in meinem Loft. Sitze am Boden mitten in meinem tragischen Königreich. Mir fehlt nur noch eine Scheißkrone, dann passt alles zu meinem Namen.

– Sissi, was hast du denn?

Saffie schaut mich mit Riesenaugen an. Ich sehe das ganze Weiße um ihre blaue Iris. Sie wirkt ratlos. Sie sieht mich genauso an, wie meine Großmutter mich diese Woche angesehen hat, mit der ich mich gezankt habe. Meine Großmutter, die mich eine Diebin genannt hat. Sie denkt, ich habe ihr Geld gestohlen. Dreihundert Dollar, die sie wahrscheinlich in eine Keksdose oder unter ihre Matratze gesteckt und da vergessen hat, aber sie ist zu faul zum Nachsehen. Nein, sie ist vollkommen überzeugt, dass ich ihr das Geld geklaut habe. *Du gehst immer in mein Zimmer und stöberst da rum.* Ich stöbere rum! Ich stöbere rum! Natürlich stöbere ich rum! Schließlich versteckt sie alles: Kleenex, Bonbons, Familienfotos, Zeitschriften, Kalender, Zigaretten, alles verschwindet. Als meine Mutter noch lebte, versteckte sie deren Handtasche in ihrem Schlafzimmer. Wenn meine Mutter Geld wollte, musste sie erst ihre Mutter fragen. *Mama, kann ich mal an meine Kröten, ich will einkaufen.* Meine Großmutter hatte die absolute Kontrolle. So ist meine Großmutter, sie kontrolliert gern alles. Das gibt ihr Sicherheit, dann fühlt sie sich wohl in ihrer alten, knittrigen Haut. Dann fühlt sie sich gebraucht. Ich fühle mich gebraucht, wenn ich ficke.

Ich packe Saffies Arm. Ich will nur, dass sie sich wie ich hinhockt, auf den Boden. Dass sie sich zusammenkauert und hin und her wiegt, aber Saffie begreift nicht und sträubt sich. Sie will Wörter, sie will wissen, warum ich sie nicht angerufen habe. Warum ich sie versetzt habe.

– Saffie … ich hab Angst. Ich hab Angst, weil es mir vorkommt, als wäre ich einer Doppelgängerin begegnet und als würdest du mich umbringen und meinen Platz einnehmen. Manche Stämme glauben, wenn man seinem Doppelgänger begegnet, muss man bald sterben. Ich will schon irgendwann sterben, aber nicht sofort. Ich brauche ein bisschen Vorbereitung, verstehst du?

Nein. Sie versteht nicht, sondern meine Worte machen ihr Angst.

— Saffie, lies zwischen den Zeilen, bitte. Begreif doch, was ich dir sage, in meinem Bauch ist eine Leere, und diese Leere fülle ich mit allem, was ich finden kann. Meistens finde ich aber nur Sauereien. Darum habe ich die ganze Zeit Angst. Darum habe ich Angst vor dir. Du bist eine von den Geschichten, die ich mir erzähle. Du nährst die Geschichten, die ich mir erzähle. Willst du wissen, wie diese Geschichten aussehen? Tragödien, die langsam umkippen, und alles geht aus wie in einem Horrorfilm. In meinen Geschichten bin ich am Ende immer am schlimmsten zugerichtet.

Aber das begreift sie auch nicht. Sie schaut mich immer noch verblüfft an, wie meine Großmutter diese Woche. *Wie? Du hast das Geld nicht gestohlen? Ich weiß genau, dass du immer in mein Zimmer gehst.* Die Augen meiner Großmutter können so böse sein. Und noch böser, wenn graues Wetter herrscht und die Wolken kaum zu ertragen sind. *Ja, ich weiß, dass du es gestohlen hast. Warum tust du mir all das an, frage ich mich. Willst du mich umbringen, so, wie du deine Mutter umgebracht hast, ist es das?* Die Zimmer in dem Mietshaus sind grau und grünlich. Es herrscht ein feuchtes, klebriges Wetter. Mir ist so traurig zu Mute. *Nein! Omi! Ich hab nichts gestohlen!* Aber sie glaubt mir nicht. Sie hat mir niemals geglaubt. Sie glaubt auch nicht, dass ich meine Mutter nicht geschlagen hab, als ich fünf war und sie versucht hat wegzulaufen. Sie glaubt mir nicht. Ja, ich habe meine Mutter wirklich geschlagen, aber nicht mit Absicht! Das schwöre ich! Nicht mit Absicht. Sie wollte meiner Großmutter hinterher, die im Lädchen Milch holen gegangen war. Sie wollte ihr ohne Schuhe hinterher, in Socken, mitten im Winter. Und meine Großmutter hatte gesagt: *Lass sie nicht raus. Sie wird sonst noch überfahren.* Ich hatte so Angst, und sie, sie war so stark in ihrer Verrücktheit. Und ich schrie: *Nein! Bleib hier, Mama! Bleib hier!* Meine Großmutter hat mir nicht geglaubt, und genauso wenig glaubt sie mir, dass ich ihre dreihundert Dollar nicht gestohlen habe.

– Saffie, wir feiern ein bisschen, ja? Ich hab so Lust dazu.

Ich stehe auf. Ich stecke eine CD in den Player. Ich drehe den Ton voll auf. *Smashing Pumpkin*, ohrenbetäubend. Sollen die Nachbarn an die Wände klopfen! Das macht nichts. Das ist wenigstens konkret. Ich hüpfe rum. Ich tanze. Ich berausche mich. Ich will mich verlieren. Mich in Luft auflösen. Nicht mehr sein. Saffie hüpft mit mir. Sie scheint nicht zu wissen, warum, aber sie tut es.

– He, Saffie! Ich will, dass wir was Besonderes machen, was Verrücktes.

Sie lächelt. Ich sehe, dass sie langsam Gefallen an diesem Kleinmädchenspiel findet. Ich hole eine Flasche Wein aus dem Schrank, die ich aufbewahrt habe, für alle Fälle ... Seit einer Woche nichts getrunken, der wird voll reinknallen! Saffie und ich, wir trinken den Wein, aber diesmal nicht eine aus dem Mund der anderen, sondern jede aus ihrem eigenen Glas. Diesmal ist die Speiseröhre kein Strohhalm. Dann lasse ich ein Bad ein. Und wir trinken Rotwein in der Wanne. Zum ersten Mal seit einer Woche fühle ich mich gut. Ich sitze in der Badewanne, sämtliche Lampen im Loft sind gelöscht. Nur die große Straßenlaterne wirft ihr Licht herein. Die große Straßenlaterne, die mein Königreich in goldenen Schimmer taucht. Scheiße, ist das schön! Ich bete so darum, dass ich mehr Augenblicke wie diesen erlebe. Hubert Aquin, der Schriftsteller, wollte gern den ewigen Orgasmus erleben, dann fühlte er sich am besten. Und ich in einem Augenblick wie diesem: in der Badewanne mit einem Glas Wein.

Saffie und ich vergleichen in der Wanne unsere Brüste; genauso gut könnte man zwei Bowlingkugeln vergleichen, aber Spaß macht es trotzdem. Ein lustiges Spiel. Ihre Brüste sehen wirklich genauso aus wie meine, vielleicht sind sie ein kleines bisschen größer. Sehr verlockend. Ich strecke die Hand aus, ich fasse sie ein bisschen an. Sie lässt es geschehen. Das Problem mit ihr ist, dass sie es immer alles geschehen lässt. Viel eigene Initiative scheint sie nicht zu haben. Aber na ja ...

Nach dem Bad wühlen wir in meinem Schrankkoffer herum und beschließen, schwarze Mieder anzuziehen. Wir stehen vorm Spiegel und machen auf Hure. Gar nicht übel. Wir haben Potenzial.

– He, Sissi, weißt du was? Wir müssten uns mal zu zweit einen alten reichen Sack vornehmen. Und ihn richtig abzocken. Was hältst du davon?
– Wir könnten auch eine Bank ausrauben. Da gibt's noch mehr zu holen, und schneller geht es auch!
– Warum redest du so dummes Zeug?
– Hast du schon mal mit wem gevögelt, den du nicht magst?
– Nein.
– Das solltest du vielleicht mal versuchen, dann siehst du, dass das nicht so klasse ist ...
– Warum, machst du das öfter?

Wir legen uns ins Bett und hören Musik, jetzt eine andere Platte: *Nine Inch Nails*. Ich sing ihr die Texte ins Ohr: *He put the gun into his face ... Baaannnng! So much blood for such a tiny little hole ...* Und weiter: *I hurt myself today. To see if I still feel.* Das gefällt ihr. Sie lächelt. Und sie lacht auch, ganz leise. Die Frau macht mich an. Ich bin schon richtig nass. Wenn das so weitergeht, mache ich überall Pfützen auf den Boden, dann vergieße ich mich, verschütte ich mich.

Saffie schaut mich mit ihren großen Kuhaugen an. Ihre Wimpern strecken sich wie Brücken zu mir. Sie wartet. Ich denke, dass ich sie nicht so anmache wie sie mich. Ich denke, sie lässt sich nur von der Situation mittragen. Sie will rausfinden, wie weit ich für sie gehen würde. Ich spiele dies Spiel auch, aber mit Männern. Ich will immer rausfinden, wie weit sie für mich gehen würden. Meine Großmutter wollte das auch immer austesten. Sie stellte ununterbrochen unsere Grenzen auf die Probe. Und die Grenzen meiner Mutter hat sie dermaßen auf die Probe gestellt, dass sie eines Tages, als ich gerade *Die Nervensägen* im Fernsehen sah, alle ihre Tabletten geschluckt hat. Vielleicht testet meine Großmutter immer noch meine Grenzen aus? Vielleicht bezeichnet sie mich als Diebin, weil sie einfach nur wissen will, was ich alles mit mir machen lasse? Ich darf nicht an meine Großmutter denken, sonst kriege ich Herzbeklemmungen.

Als wir gerade anfangen, als ich gerade anfange, sie zu streicheln, und sie die Beine unwahrscheinlich weit spreizt, kommt mein Pseudolover rein. Er sollte heute nicht aus dem Land zurückkommen, wo er herstammt. Er sollte noch mindestens eine Woche dort bleiben. Er kommt rein und überrascht mich in flagranti, wie ich die Hand zwischen Saffies Beinen habe, die Finger nass von ihrem Saft. Er hat getrunken. Er sieht nicht glücklich aus. Aber er ist ein lieber Junge, und zu seinem großen Pech liebt er mich. Also schluckt er seinen Kummer runter. Macht gute

Miene. Er zieht die Augenbrauen hoch und schaut uns gönnerhaft an. Saffie zieht sich blitzschnell an und lacht, aber ich kann ihrem Lachen anhören, dass es ihr peinlich ist. Sie schlüpft Schwindel erregend schnell in ihre Sachen. Ich schlüpfe auch Schwindel erregend schnell in meine Sachen. Aber ich könnte es auch lassen. Who cares? Mein Pseudolover glotzt uns glasig an. Seine Augen scheinen nicht dasselbe zu fixieren. Ich finde, er sieht lächerlich aus. Eigentlich sind wir alle lächerlich, wie wir uns in diesem großen Raum am liebsten verstecken würden. Sich in einem Loft verstecken ist nicht so leicht.

Als Saffie fertig angezogen ist, gibt es einen seltsamen Moment. Die Bewegungen halten inne, die Worte verstummen, die Blicke stehen still. Einen Moment, bei dem ich mich fühle, als würde ich nicht dazugehören. Saffie steht vor meinem Pseudolover. Sie sehen sich an. Es dauert eine halbe Minute. Vielleicht ein bisschen kürzer, vielleicht ein bisschen länger. Ich weiß nicht. Ich weiß nur, dass sich hier, genau jetzt, etwas zwischen ihnen abspielt. Wortlos stehen sie voreinander. Das tut weh. Diese Stille tut mir weh. Ich würde sie gern unterbrechen, aber meine Lippen sind wie zusammengeklebt. Und meine Gesichtsmuskeln krampfen sich zusammen. Dabei schreit es in meinem Kopf so laut. Aber mein Schrei bleibt stumm. Ich weiß ... Dabei mögen sie einander nicht. Er mag mich, mein Pseudolover, er liebt mich. Und Saffie liebt mich auch. Er liebt sie nicht, und ihr ist er scheißegal. Aber wie es aussieht, fängt hier gerade eine andere Geschichte an. Eine andere Geschichte mit einer anderen Prinzessin.

Mit seiner dröhnenden Stimme sagt er: *Wir könnten's doch zu dritt treiben. Was, Sissi? Die Kaiserin der Betten?* Und er sagt es noch einmal mit seiner dröhnenden Stimme, aber dabei schaut er nicht mich an, sondern Saffie: *Wir könnten's doch zu dritt treiben? Ich. Du. Und Saffie.* Ich sage nichts. Sie sagt auch nichts. An ihrem Schweigen kann ich erkennen, dass sie auch möchte, dass wir's zu dritt treiben. Dass ich ihr die Zunge in den Mund stecke, während er in ihrem Loch rumfingert und ihren Körper mit Spucke einreibt. Das höre ich aus ihrem Schweigen. Und ich begreife, dass sie eine eingefleischte Verführerin ist. Sie will alle und jeden für sich. Alle in ihrem Bauch, damit sie ein bisschen gestillt ist. Ich sehe sie an. Sie widert mich an. Er widert mich an. Sie widern mich an. Ihr widert mich an, egal wie man's durchkonjugiert. Ihr widert mich an, egal mit welchem Pronomen. Ihr widert mich dermaßen an, dass es körperlich wehtut und ich Lust bekomme, um mich zu spucken. Es zu dritt treiben! Nein. Ich kann das mit ihnen nicht. Nein. Das wäre dasselbe, wie den Kopf auf den Hauklotz zu legen und den Henker zu reizen. Nein, ich will nicht zusehen, wie Olivier dieses Mädchen küsst, das aussieht wie ich, das nur allzu gut an meine Stelle treten könnte. Und ich kann dieses Mädchen, das mich so unendlich verwirrt hat, nicht ansehen, wie es Olivier berührt. Nein. Ich weiß zwar, dass ich normalerweise als Erste im Bett wäre, dass es mir kein Problem bereitet, für ein, zwei, drei, vier Menschen die Beine breit zu machen, für alle Menschen der Welt, aber ich weiß auch, dass ich es hier nicht könnte. Zwischen Olivier und Saffie ist zu viel Energie, es ist nicht mehr sicher. Zwischen ihnen ist so viel Energie, dass ich nicht mehr die Erste wäre. Und die Zweite sein, nein danke. Ich habe schon zu viel zurückstehen müssen. Jahre hinter meiner Mutter ... Jetzt kann ich nicht mehr. Ich kann nicht. Da könnte ich auch gleich nicht mehr leben.

Mein Mund geht ganz weit auf. Meine Augen ziehen sich zusammen. Ich kann das, was vor mir passiert, fast nicht mehr sehen. Saffie steht immer noch vor dem Mann, der gesagt hat, er würde mich mehr als alles auf der Welt lieben. Ich stehe auf. Ich muss schreien. Ich muss etwas tun, damit ich nicht ausgeschlossen bin. Damit ich nicht das Gefühl habe, dass ich das fünfte Rad am Wagen bin. Und die Wörter meiner Großmutter kommen mir in den Sinn: *Wer zwei Hasen auf einmal jagt, der verliert alle beide.* Ich verliere gerade Saffie. Ich verliere gerade Olivier, meinen Pseudolover. Ich verliere gerade meine Großmutter mit ihrer Geschichte von den gestohlenen dreihundert Dollar. Nein. Ich kann nicht.

Ich werfe mich mit voller Wucht in meinen großen Spiegel. Meinen großen Spiegel, in den ich immer schaue, wenn ich ficke. Meinen großen Spiegel, der bezeugt, dass es mich gibt, während ich mich nageln lasse. Ich zerbreche ihn in tausend Scherben. Mein Bild verschwindet, aber ich bin trotzdem niemand anderes. Ich bin leider immer noch ich. Ausgeschlossen. Ausgeschlossen. Ausgeschlossen. Ausgeschlossen. Ausgeschlossen. Ausgeschlossen.

Saffie und Olivier stürzen zu mir. An den Spiegelscherben, die noch in dem braunen Rahmen stecken, ist Blut. Das Blut fließt über den Holzfußboden, dann über meine Arme. Saffie und Olivier versuchen, mich festzuhalten. Ich stoße sie weg. Ich trete und schlage nach ihnen. Ich möchte ihnen sagen, dass sie mich anwidern, schlimmer, als die Polizei erlaubt, aber mein Mund ist immer noch so weit aufgerissen oder so fest verschlossen, er macht, was er will. Ein Dickkopf, mein Mund. Olivier und Saffie halten mich ordentlich fest. Ich kann ihnen keine Fußtritte und Ohrfeigen mehr verpassen. Sie bringen mich aufs Bett. Sie liegen auf mir, alle beide. Sie liegen auf mir, und ich kann hören, was sie sagen. Ich glaube, sie sagen: *Wir warten, bis sie schläft, dann schlafen wir miteinander. Dann schlafen wir miteinander. Dann schlafen wir miteinander, hier neben ihr, während sie schläft ...* Wie zwei glitschige Schlangen liegen sie auf mir. Wenn ich nichts dagegen unternehme, stechen sie mich mit ihren roten Natternzungen, und dann bin ich infiziert. Am Ende. Meine Kräfte verfünffachen sich. Ich bin *Goldorak*. Ich bin riesig und ganz aus Metall: *Fulguro-poing*. Ich schüttle sie ab und schaffe es aus der Tür. Ich poltere die rosa Treppe des Hauses runter, in dem ich wohne ... gewohnt habe. Denn ich werde nicht zurückkommen. Nie wieder setze ich den Fuß auf diese Dielen der Perversion. Nie wieder atme ich zwischen diesen Wänden des Jammers. Ich gehe. Ich verlasse diesen Ort; mein Zuhause ist er sowieso nicht gewesen.

Ich gehe. Es regnet nicht Bindfäden, sondern Seile. Obwohl Winter ist, ist es seit einer Woche warm: Acht Grad im Januar, das ist schon was. Das Wetter ist völlig durcheinander. Durcheinander wie ein alter Kühlschrank. Ich bin auch durcheinander wie ein alter Kühlschrank. Meine Mutter war das auch, je nach Wetter. Wenn es nicht gut war, war sie kein schöner Anblick. Wenn es gut war, kaufte sie mir alle Barbies von der Welt.

Ich werde pitschnass. Ich laufe, ohne nachzudenken. Reflexartig führen meine Schritte mich zum Haus meiner Großmutter. Meine Großmutter. Sie ist meine ganze Familie, und sie verleugnet mich unablässig. Meine Großmutter, die mich des Diebstahls bezichtigt. Meine Großmutter, die nicht immer lieb zu mir ist. Als ich an ihrem kleinen Häuschen mit den lachsrosa gestrichenen Einfassungen ankomme, setze ich mich im Schneidersitz auf das Treppchen vor die Tür und warte. Ich fühle mich innerlich nicht bereit, sofort hineinzugehen. Ich habe Angst, sie könnte mich wegschicken: Dazu bin ich innerlich nie bereit. Also hocke ich im Schneidersitz vor ihrer lachsrosa Tür, wie ein Indianer, und warte. Es wird lange dauern.

Heute Abend regnet es sintflutartig. Außerdem wird es wieder kälter. Der Winter hat beschlossen, heute Abend wieder ein Winter zu werden, während ich hier draußen sitze. Während ich auf dem Treppchen im Schnee sitze. Der Regen durchtränkt meine Kleider. Ich bin durchweicht wie ein Kuchenrest im Abwaschwasser. Ich werde sicher krank. Ich zittere am ganzen Leib.

Auf einmal macht meine Großmutter die Tür auf. Ohne ein Wort nimmt sie mich am Arm und zieht. Ich gehe hinein. Ich bibbere. Mir ist so kalt. Meine Großmutter hilft mir aus den nassen Sachen. Am Ende stehe ich pudelnass im schwarzen Mieder vor ihr. Meine Großmutter sieht, dass ich mich verletzt habe. An meiner Schulter kleben Blut und kleine Stückchen Spiegel. Sie sagt, ich soll mich hinlegen. Ich liege auf dem Sofa, und mir wird langsam besser. Ich bekomme wieder Farbe. Meine Großmutter ist jetzt bei mir. Sie reinigt die Wunde mit einem Waschlappen. Dann hält sie mir ein kleines Glas Rotwein hin.

– Hier, der bringt dich wieder zu dir.

Wenn sie wüsste, dass Rotwein mich nicht zu mir bringt, sondern dass ich außer mir bin, wenn ich welchen trinke. Aber egal. Ich trinke. Er bringt mich wieder zu mir, bis mir übel ist, und mit der Übelkeit kommen die Bilder von vorhin hoch. Was die beiden im Loft jetzt wohl veranstalten? Wahrscheinlich ficken sie fröhlich. Sie finden sicher, dass ich verrückt bin, verrückt wie meine verrückte Mutter, und dass ich Pillen schlucken müsste wie meine verrückte Mutter, um mit meinem Leben Schluss zu machen. Ich schüttle mich. Ich will nicht denken. Ich will einschlafen.

Am nächsten Morgen schrecke ich hoch. Ein vertrautes Geräusch hat mich geweckt. Meine Großmutter macht den Abwasch. Sie macht ihn wie eine rasende Furie, wie als ich klein war. Ich fühle mich sicherer, ich fühle mich besser. Aber nicht so ganz. Ich fürchte, dass sie mich wieder als Diebin bezeichnet. Ich setze mich auf dem Sofa auf. Sobald sie bemerkt, dass ich wach bin, bringt sie mir einen Kaffee mit viel Zucker und wenig Milch. Einen Kaffee, wie ich ihn früher mochte, bevor ich kompliziert wurde und ihn schwarz trank, um zu leiden, abzunehmen, Stil zu zeigen.

Ich sitze auf dem Sofa und trinke in kleinen Schlucken den Kaffee. Meine Großmutter setzt sich neben mich auf den Schaukelstuhl und schaukelt. Im ganzen Haus ist nichts zu hören als das Knarren des Schaukelstuhls; das Knarren des Schaukelstuhls und der Regen, der draußen immer noch tobt.

– Hast du Hunger?

Ich sage nein, obwohl meine Eingeweide schreien, als würden sie zerreißen. Ich habe Angst, dass sie sagt, ich stehle ihr nicht nur ihr Geld, sondern esse ihr auch noch ihre Vorräte weg.

– Weißt du … diese dreihundert Dollar hab ich wiedergefunden. Ich hatte sie hinter der Gardine versteckt.

Jetzt schaukelt sie noch stärker. Sie ist nervös. Draußen ist es grau. Der Regen wird stärker. Er bedeckt alle Fenster des Häuschens. Der Regen zeichnet durch die Fenster Rinnsale an die Wände und auf meine Großmutter. Als würde ein Film auf sie projiziert. Ein Film mit verschwommenen Akteuren.

– Du darfst mir nicht böse sein … ich bin alt und hab niemanden außer dir.

Mehr sagt sie nicht. Sie schaut ins Leere und schaukelt jetzt etwas ruhiger. Ich sage auch nichts. Ich trinke meinen Kaffee in kleinen Schlucken. Heiß und süß.

8   Games without Frontiers

Ich saß sehr lange auf meinem Bett. Saß so da, lange, lange. In mir drin war etwas zerbrochen, das spürte ich in meinem Bauch, und ich wusste nicht, was ich tun sollte. Also legte ich mich auf den Boden. Ich hob den Finger, mit dem man nicht auf Leute zeigen soll, und hielt ihn mir an den Kopf. Und dann machte ich peng mit meinem Daumen und brachte mich um.

Howard Buten, ›Mit fünf hab ich mich umgebracht‹

Ich bin fünf und liege im Bett von meiner Großmutter. Sie passt auf mich auf. Meine Mutter ist einen Catchkampf ansehen gegangen, im Centre Guy-Robillard oder Marcel-Robillard oder Jean-Marc-Robillard. Ich weiß nicht so genau. Ich kann mir so was nicht merken. Merken kann ich mir Mama, Omi, meinen Hund Ponpon, meine Katze Magamarou, meine blaue Puppe, das Eis mit den drei Farben und das Spielzeug bei *Peoples*. Und ich kann mir merken, dass ich meine Großmutter nicht so nerven soll, wenn meine Mutter zu Catchkämpfen ins Centre Pierre, Jean, Jacques-Robillard geht, sonst fange ich mir selber ein paar Hammerhiebe und Leberhaken ein.

Meine Mutter ist einen Kampf anschauen, zusammen mit meinem Vater. Meinem Vater, der nicht mein Vater ist. Eigentlich ist sie mit meinem Stiefvater gegangen, meinem Stiefvater, der eigentlich noch gar nicht mein Stiefvater ist, jedenfalls noch nicht offiziell. In einem Jahr wird er es. Sie werden heiraten und nicht viele Kinder haben. Nur mich. Das finden sie genug. Ich zähle für zehn, das werden sie sagen. Wenn sie heiraten, werde ich dabei sein. An allen Orten zugleich, unter den Neonlampen in der zu großen Halle des Justizpalasts. Als süßes kleines Blumenmädchen verkleidet. Im gelben Kleid, obwohl ich gelb scheußlich finde. Mit Blumen im Haar, obwohl ich Blumen im Haar scheußlich finde, weil ich nicht peace and love bin wie meine Mutter, wenn sie die Pillen gegen ihre Depressionen nimmt. Und mit Blumen in den Händen, hübschen kleinen roten und gelben Blumen, die ich am liebsten während der Zeremonie aufessen würde, damit es schneller vorbeigeht. Ich soll die Trauringe halten, das haben sie gesagt, die Stinker, aber wenn es so weit ist, wenn die verfluchten Trauringe endlich da sind, dann werden sie sie mir wegnehmen. Stinker, sage ich. Sie nehmen mir die Ringe weg, weil sie Angst haben, ich könnte sie verlieren, wegen meiner Nerven. Weil ich ein Nervenbündel bin, weil ich die ganze Zeit herumzapple, weil ich die ganze Zeit herumschreie und die ganze Zeit lauthals herumlache. Ha! Ha! Ha! Zu laut. Mit weit aufgerissenem Mund teile ich der ganzen Welt mein Dasein mit. He! Leute! Hier bin ich! Kümmert euch um mich! Kümmert euch um mich, bevor ich was anstelle! Schaut mal, mein Mund ist so weit offen, dass ich die ganze Welt mit einem Haps verschlingen könnte. Meine Bewegungen sind so heftig, dass ich die Sterne vom Himmel ins Nichts fegen könnte. Und meine Schreie sind so schrill, dass sämtliche Fensterscheiben der Galaxie zerspringen würden, wenn man mich nicht ständig ermahnte: *Psst! Psst! Du störst die Nachbarn.* Das kriege ich mindestens neunzig Mal pro Tag zu hören. So oft, dass ich manchmal meine Schreie runterschlucke, damit die Leier nicht schon wieder losgeht. Aber auch wenn ich meine Schreie runterschlucke, bleibe ich nervös. Das ist mein Markenzeichen. Und sie können mich eben leider nicht umtauschen gegen zwei Schachteln einer anderen Marke. Sie bleiben auf mir sitzen. Geschieht ihnen recht. Ich bin nervös. Das steht mir auf die Stirn und auf die Haut geschrieben. Ich bin genauso nervös wie das Hündchen, das sie mir letztes Jahr geschenkt haben. Ein hübsches kleines Hündchen, das bellte, wenn man seinen Namen sagte: Ponpon. Wau! Wau! Ein hübsches gelbes Hündchen, das mir überallhin nachlief und mit mir schrie. Ich und der Hund, wir feuerten einander an. Das war wie beim Marathonlauf, wenn alle Zuschauer schreien: *Go! Go! Go!* Stundenlang konnten wir durchmachen. Stunden und aber Stunden Spaß, pills not included. Aber eines Tages hatten sie davon genug, die Stinker, und haben den Hund abgeschafft. Und damit es flutschte wie Butter in der Pfanne, haben sie mir erzählt, er sei jetzt wieder bei seiner Mami. So gaben sie mir zu verstehen, dass sie ihn beim Tierschutzverein haben umbringen lassen, da, wo wahrscheinlich auch seine Mutter umgebracht worden war. Egal, ob der Hund da ist oder nicht, ich bleibe gleich nervös und nerve die anderen. Was ich anfasse, es veranstaltet Lärm – Töpfe, Bälle, Glocken. Ich rede, wenn andere reden, und zwar so laut, dass alle verstummen und mir zuhören. Ich renne dermaßen, dass es Löcher im Fußboden gibt, dass ich meiner Puste wegrenne. Ich renne gern, sehr gern, und ich renne gut, ich bin superschnell. Schneller als ein Komet, das sagt meine Mutter immer, wenn sie die Pillen gegen ihre Depressionen genommen hat. *Du rennst superschnell, Sissi! Schneller als ein Komet!*, sagt sie blöde lächelnd mit glasigen Augen. Wenn sie das sagt, dann feuert mich das an, und ich renne doppelt so schnell. Meine Großmutter sagt nicht, dass ich schneller renne als ein Komet. Nein. Sie sagt: *Wenn du nicht aufhörst, so zu rennen, dann beschweren sich die Leute von drunter, und wir werden aus der Wohnung geworfen. Dann haben wir kein Zuhause mehr und müssen auf der Straße leben. Willst du das etwa?* Pah, mir doch egal, was meine Großmutter sagt. Ich renne immer schneller. Manchmal renne ich immer wieder gegen die Wand, ich weiß nicht, warum, aber ich tu's. Vielleicht, um mich zu betäuben. Wenn mir schwindlig ist, dann vergeht die Zeit leichter, dann vergeht die Zeit schneller. Bei mir zu Hause scheint die Zeit nämlich im Wohnzimmer zu verkleben, und die Stunden bilden einen dichten Nebel um jeden Körper. Das ist nicht leicht zu ertragen. Ich stehe auf und habe sofort wieder Lust einzuschlafen. Ich bin zwar erst fünf, aber ich merke, dass alles in Zeitlupe läuft, ich bin nicht blöd, ich bin nicht beschränkt. Ich stehe nicht unter Medikamenten, ich nicht. Aus meinem Kopf fliegt nicht alles weg. Ich sehe genau, dass alles zu langsam läuft und alle Leute sich anöden. Bei mir zu Hause ist das Leben kein ruhiger langer Fluss, sondern ein giftiger Tümpel voller PCB. Der Tümpel fault. Ich kann meine Eltern sehen, meine beiden Mütter, sie scheinen im Raum erstarrt zu sein. Dunkel wie im Schattentheater sehen sie aus, mit starren Armen und Beinen bewegen sie sich wie in Zeitlupe. Ich sehe sie, sie stieren ins Leere, ohne je miteinander zu reden, ohne je mit mir zu reden. Das Bild steht auf Stopp. Das Video meiner Familie steht unveränderlich auf Pause. Aber dann, wenn ich ihnen so richtig auf den Wecker gehe, dann schütteln sie ihre Lethargie ab und kümmern sich schnell um mich. Ich stelle mich auf Schnell-Vorlauf und bringe Action ins Haus. Der reinste Arnold Schwarzenegger im Rock. Fuck you, you bloody asshole! Mit meiner Fantasie-Bazooka bewaffnet, feuere ich auf alles ringsum und bringe es in verrückte Positionen, damit es mich nicht auffrisst. Hier scheint nämlich alles immer gleich so riesengroß. Ich lasse ein Glas fallen, meine Mutter schreit, dass es sie fast zerreißt, und fängt an zu flennen. Ich reiße eine Gardine runter, meine Großmutter schreit, dass ich das mit Absicht tu, dass ich alles kaputtmachen und ihnen wehtun will. Ja, wenn ich könnte, dann würde ich alles kaputtmachen. Ich würde dieses verfluchte Papphaus voller Kakerlaken in Klump und Asche treten. Ich würde das Zimmer meiner Mutter zerquetschen, das eine Tragödie beherbergt. Ich würde all diese hässlichen verschlissenen Möbel in tausend Stücke hauen, die mich daran hindern, bis ans Ende der Welt zu rennen. Aber weil ich das nicht kann, renne ich eben auf der Stelle. Wenn ich renne und mich gegen die Wände werfe, findet meine Mutter das supernervig. Aber sie hat mich lieb und lässt mich machen. Meine Mutter hat mich mehr lieb als alles andere auf der Welt. Das weiß ich, und das nutze ich aus. Ich will eine Puppe, ich kriege sie. Ich will einen Big Mac, ich kriege einen. Ich will fernsehen, bis mir schlecht wird, ich sehe fern, bis mir schlecht wird. Ich nutze meine Mutter oft aus, vielleicht zu oft. Meine Mutter hat vor mir Angst. Allerdings hat meine Mutter vor allem Angst. Meine Mutter ist ein Opfer. Als Tier wäre sie das Lamm, das sich vom Löwen fressen lässt. Wenn sie eine Russin wäre, dann würde sie in Tschernobyl leben, zwei Meter neben dem Atomkraftwerk. In einem Horrorfilm bekäme sie als Erste den Kopf und alle Glieder abgeschnitten, und das grüne, glitschige Monster würde ihr alle Därme rauszerren. So ist meine Mutter, sie hat so viel Persönlichkeit wie ein Waschlappen. Aber ich, ich bin kein Opfer, ich will nicht der Wurm sein, der an den Haken gehängt wird, als Köder für den dicken Fisch, deswegen hat sie vor mir Angst. Und zwar richtig. Angst vor meinen Schreien und vor meinen Tränen. Wenn ich weine und schreie, hat sie Angst, die Leute könnten sie für eine schlechte Mutter halten, die mich schlägt. Sie hat Angst, die Nachbarn könnten das Jugendamt holen, und dann kommt das Jugendamt und steckt mich in den Lieferwagen mit den misshandelten Kindern. Sie hat Angst, sie könnte vor Gericht landen und dann im Gefängnis, in einer Zelle voll Frauen, die auf Frauen scharf sind und sie zu ihrer Sexsklavin machen. Davor hat sie Angst, meine Mutter, darum lässt sie mich alles machen, was ich will. Und mit zwei Pillen gegen ihre Depression im Kopf vergisst sie es, dann hat sie keine Angst mehr, dann kann sie dem Leben mit einem Lächeln begegnen. Meine Mutter lächelt.

Aber auch wenn meine Mutter vor mir Angst hat, vor ihrer Mutter, meiner Großmutter, hat sie noch viel mehr Angst. Meine Großmutter macht ihr Angst, weil sie so viel von ihr fordert. In Wirklichkeit fordert meine Großmutter das ganze Leben meiner Mutter. Aber was diese Heirat angeht, wird sie es nicht schaffen. Sie will nicht, dass ihre Tochter heiratet. Aber dieses eine und einzige Mal wird meine Mutter nicht auf sie hören. Meine Mutter möchte, dass ich einen Vater habe. Denn sie denkt, dass es für ein kleines Mädchen wie mich gesünder ist, eine richtige Familie zu haben. Besser für meine Nerven. Vielleicht bin ich dann ein bisschen ruhiger und ausgeglichener. Für ein kleines Mädchen, sagt sie, ist es immer besser, es hat eine richtige Familie, die zusammenhält. Zusammenhält! Zusammenhält! Die so zusammenhält wie die frommen Familien auf den frommen Kalendern, die an den Wänden hängen, gegen die ich renne. Ich will zusammenhalten. Ich will zusammengehalten werden. Eine richtige Familie zu haben wird meinem Gleichgewicht so gut tun, dass ich eines Tages wie eine Seiltänzerin über das Schutzgeländer vom Pont Jacques-Cartier spazieren und selber entscheiden kann, wann ich abstürze. Ist das nicht wunderbar!

Jetzt, ein Jahr bevor meine Mutter und mein Stiefvater heiraten, liege ich im Bett von meiner Großmutter und sie passt auf mich auf. Den ganzen Abend lang hab ich ferngesehen, aber jetzt hab ich die Nase voll. Sonst kann ich superlang fernsehen, *Cinéquiz, Star Trek, Flipper*, Werbung, sogar Kochsendungen. Alles schlucke ich, mit fünf Jahren bin ich eine echte TV-Süchtige, die auf Zirkusfilme und Hollywood-Schinken steht. Wahnsinnig gern hab ich das Fernsehen. Aber heute Abend hat es mich ziemlich schnell genervt, sehr schnell, und zwar wegen meiner Großmutter. Heute Abend ist sie schräg drauf, heute Abend ist es die reinste Hölle mit ihr. Heute Abend hört die alte Schachtel nicht auf zu jammern, und das geht mir so was von auf den Wecker.

– Was nimmt er sie zu dem Kampf mit? Das ist doch ein Sport für Spinner. Davon wird sie mir ganz nervös. Und wenn sie wieder ihre Depressionen hat, wer kümmert sich dann um sie? Der nicht! Das ist doch ein Verrückter! Ein gottverfluchter Verrückter! Warum liebt sie diesen Mann bloß? Er will ihr nur schaden. Und sie merkt es nicht mal!, jammert meine Großmutter.

Seit ich hier bin, geht das so. Sie trägt richtig dick auf. Nach allen Regeln der Kunst. Ihr Gebäude an Vorwürfen ist so hoch wie das Empire State Building. Wenn das so weitergeht, wird es so hoch, dass es die Wolke durchstößt, auf der der liebe Gott seinen Mittagsschlaf hält. Dem lieben Gott direkt in den Arsch.

– Wann begreift sie endlich, dass sie nicht dafür gemacht ist, heiraten, Ehe, eine eigene Wohnung? Sie ist so krank, und dann hat sie immer so wehe Füße, sie kann nicht den ganzen Tag auf sein und diesem Schweinehund den Haushalt und zu essen machen!, jault sie.

Den ganzen Abend muss ich das schon mit anhören. Kein Gedanke daran, mich aufs Fernsehen zu konzentrieren. Wirklich, ich habe schließlich keine übernatürlichen Fähigkeiten, oder was. Ich kann nichts von dem, das mich umgibt, ausblenden. Ich lasse mich von allem so leicht stören. Das müsste sie doch wissen, verdammte Scheiße! Ich habe so Probleme, mich länger als eine Minute auf eine Sache zu konzentrieren, daran müsste sie sich doch erinnern! Verflucht! Ich liege im Bett von meiner Großmutter und bin supersauer, total aufgebracht. Bin blau, blau-weiß-rot vor Wut. Ich habe meine französische Flagge gehisst, jetzt bin ich mit Meckern dran. Und wenn sich die Alte nochmal im Schlafzimmer zeigt, dann kotz ich ihr den Camembert an den Kopf.

Sie zeigt sich nochmal.

– Schnauze!
– Wie bitte?
– Schnauze, hab ich gesagt, alte Schreckschraube!
– Wie bitte? Habe ich dich richtig verstanden?
– Schnauze, hab ich gesagt, alte Schreckschraube!
– Was fällt dir ein? Du böses Mädchen! Wenn ich Kummer hab, dann freust du dich, was? Wenn es mir schlecht geht, dann bist du zufrieden!
– Hör auf! Hör auf! Hör auf!
– Das ist mein Haus, und wenn ich will, kann ich die ganze Nacht weitermachen!
– Hör auf! Ich halt das nicht mehr aus!
– Wenn du noch länger so böse bist, dann ruf ich deinen wirklichen Papa an, den Großen Bösen Papa. Der nimmt dich dann mit zu sich nach Hause, dahin, wo er mit seiner Nutte wohnt, und dann kannst du was erleben!

Jetzt weine ich. Jetzt schreie ich. Jetzt ist es ernst. Warum sagt sie das: der Große Böse Papa? Warum? Mein Körper zittert, als würde ich auf einer Wäscheschleuder sitzen. Ich zittere, bis meine Sommersprossen wegfliegen, meine Fingernägel und Zähne. Ich zittere wie eine Irre, aber ich weiß nicht, ob es daran liegt, dass ich nur ein weißes Unterhemdchen und ein weißes Unterhöschen anhabe oder weil die alte Hexe gesagt hat der Große Böse Papa und das stereo in meinem Kopf nachhallt: der Große Böse Papa, der Große Böse Papa, der Große Böse Papa, und ich vor ihm noch viel mehr Angst hab als vor dem Sandmännchen, als vor King Kong, mehr als vor Streptokokken vom Typus A.

Letzte Woche ist nämlich was Schlimmes passiert. Etwas sehr Ernstes. So ernst wie der Nachrichtensprecher, wenn er eine Katastrophe verliest, dass eine Bombe in einem Kindergarten explodiert ist oder dass an einem Sonntagnachmittag ein kleines Mädchen im Schwimmbad ertrunken ist. Wir gingen die Rue Ontario entlang, meine beiden Mamas und ich, in aller Ruhe, ich zwischen ihnen, jede hielt mich an einer Hand. Meine Arme waren ausgebreitet wie die einer Olympialäuferin, die es als Erste über die Ziellinie geschafft hat. Ich dachte wahrscheinlich gerade an die Spielsachen, die ich eben bekommen hatte, und wie glücklich ich sein würde, wenn ich mit ihnen spiele, da kam ein Mann. Gesehen hab ich ihn nicht, aber gespürt. Durch die Hand meiner Mutter gespürt, die Aufregung. Mehr brauchte ich gar nicht. Ich wusste sofort, dass mir Gefahr drohte. Ich wollte, dass sie meine Hände losließen, damit ich wegrennen konnte, aber sie hielten mich fest. Immer noch die Arme weit geöffnet, wie am Kreuz. Dargeboten. Der Mann beugte seinen Kopf zu mir runter. Ich wusste, wer das war, obwohl ich nur einen schwarzen Schatten sehen konnte. Einen schwarzen Schatten, der lächelte, denn er lächelte, da bin ich ganz sicher. Er sagte zwei, drei Sachen, ich verstand nichts. Ich schrie schon.

Um mich herum waren so viele Flämmchen und Flammen, als hätte man einen Feuerkreis um mich aufgebaut, um mich gefangen zu halten, um mich an der Flucht zu hindern. Also fing ich an, mich zu winden wie eine kleine Besessene, wie das kleine Mädchen in *Der Exorzist*. Ich glaube sogar, dass mein Kopf sich kurz ganz herumgedreht hat und ich nach hinten schaute. Ich konnte die Leute sehen, die sich hinter mir sammelten und miteinander redeten. Ich sah die Polizei kommen. Ich sah die Fische beim Fischhändler. Sie tanzten und machten sich über mich lustig. Und weil diese Fische sich bewegten, fing es an zu stinken. Und wie das stank! Der Geruch ließ mich fast ohnmächtig werden. Der Mann kam um mich herum, um hinten in mein Gesicht zu sehen. Meine Beine sackten weg. Ich wollte nicht, dass der Große Böse Papa mich mitnahm.

Seit ich zwei bin, erzählt mir meine Großmutter, dass er böse ist, und wenn ich nicht brav bin, dann kommt er mich holen. Wenn man das drei Jahre lang eingetrichtert kriegt, dann geht das nicht ohne Schäden ab, dann hat das Folgen, dann hat das Nebenwirkungen. Nein, er durfte mich auf keinen Fall mitnehmen. Nein. Ich war doch brav gewesen, dachte ich.

– Ich will mein kleines Mädchen sehen, sagte der Große Böse Papa mit seiner tiefen Stimme.
– Siehst du nicht, dass sie einen Nervenzusammenbruch

hat! Du machst ihr Angst. Geh weg! Hau ab, oder ich rufe die Polizei, dass die dich verhaftet!, schrie meine Großmutter.

Ich hörte, was sie sagten, aber mir war, als würden alle unter Wasser reden. Ich dachte, jetzt ist es so weit, jetzt sind wir alle Fische geworden. Montreal war ein riesiges Aquarium und ich ein kleiner Goldfisch, aber ein grauer, der alle seine goldenen Schuppen verloren hat, aus Nervosität. Der Große Böse Papa war ein großer, superböser Haifisch, wie der in *Der weiße Hai*. Der große Haifisch wollte mich mitnehmen und mir die Arme und Beine kreuzweise mit dicken Lianen fesseln, und dann würde er meinen Bauchnabel rausziehen und den auch mit einer dicken Liane an einem Baum festbinden.

Meine beiden Mamas gingen schnell weiter. Ich kam nicht mit, meine Knie waren zu weich. Also schleiften sie mich bis nach Hause. Sie rannten die Treppen zur Wohnung hoch. Ich spürte jede Stufe an meinem Bauch und meinen Schenkeln. Sogar als ich in Sicherheit war, weit weg vom Großen Bösen Papa, zitterte ich noch und bekam keine Luft. Da nahm meine Großmutter die Dinge in die Hand. Sie packte mich, brachte mich ins Badezimmer und tauchte mich ins Badewasser. Das Wasser war sehr heiß, aber für mich fühlte es sich eiskalt an. Ich hörte meine Mutter in ihrer Klagekammer jammern. Sie weinte wie jedes Mal, wenn sie vergisst, die Pillen gegen ihre Depressionen zu nehmen. Es klingt wie lang gezogene Klagen, lang gezogen wie Mäusespeck, wenn's draußen heiß ist. Es klingt wie einer, der sich umbringen wollte und den man wiederzubeleben versucht. So wie in sechs Jahren, wenn sie in ihrem Bett liegt, in einer anderen Klagekammer.

Doktor Coallier kam. Ich hatte ihn nicht mal reinkommen sehen. Er schaute mich an durch seine Brillengläser, in denen sich immer alle Lampen der Wohnung spiegeln. Seine Augen konnte ich auch diesmal nicht sehen. Er schaute mich an, sagte irgendwas, und meine Großmutter drehte mich um. Ich spürte einen Piekser in meiner rechten Pobacke. Dann wurde alles ganz langsam. Ich hörte: Neerveenzuusaammeenbruuch. Neeerveeenzuuusaaammeeenbruuuch. Neeeerveeeenzuuuusaaaammeeeenbruuuuuch. Und ich dachte, so ein kleiner Fisch hat doch ein ganz anderes Nervensystem als die Menschen, das haben sie neulich im Fernsehen erzählt, der kann gar keinen Nervenzusammenbruch kriegen. Dann spürte ich den pipigelben Bettüberwurf von meiner Großmutter. Die sanfte, weiche Decke. Und ich sah wie in einem Film das Fliegengitter im Schlafzimmerfenster meiner Großmutter. Das Fliegengitter, das dafür sorgt, dass die Fliegen nicht reinkommen und die Kakerlaken nicht raus. Und dann wurde alles zu Wasser. Montreal wurde ein großes Aquarium. Und ich schwamm im Wasser. Ich schwamm und schwamm!

– Du Böse! Das darfst du nicht sagen! Du bist böse! Böse! Böse! Genauso böse wie Cinderellas Stiefmutter! Genauso böse wie die Frau Olson in *Unsere kleine Farm*!

Meine Großmutter sagt nichts mehr. Sie hat begriffen, dass sie vielleicht zu weit gegangen ist. Sie geht in ihr Wohnzimmer, ins Dunkle, in die Stille. Mich lässt sie hier liegen, auf ihrem Bett. Auf ihrem pipigelben Bettüberwurf.

Nach einer Weile reicht's mir mit Weinen, weil es meine Nase verstopft, und das ist eine von den Sachen, die ich am allermeisten auf der Welt hasse. Also höre ich auf zu weinen und denke an was anderes. Ich denke an meine Mutter, die, selbst wenn sie jetzt hier wäre, nichts tun würde, dazu hat sie viel zu viel Angst vor ihrer Mutter. Ich denke an meinen zukünftigen Stiefvater, der versprochen hat, mich zum Reiten mitzunehmen, und dazu hab ich Riesenlust. Und an sein Auto denke ich. Wie gern ich auf der Rückbank liege, wenn wir abends spazieren fahren, und beim Einschlafen die Laternen anschaue. Gekuschelt, gewiegt, geborgen. Ich denke an viele solche Sachen, und die Zeit vergeht so langsam wie immer. So tödlich wie immer. Dann stehe ich auf und gehe zu meiner Großmutter. Ich mag nicht mehr allein sein. Ich will, dass sich wer um mich kümmert. Ich will zu zweit sein. Also scheiß ich auf meinen Stolz und gehe zu meiner Großmutter. Manchmal will ich so gern spüren, wie ich mit anderen zusammen bin, dass ich mich in einen Krishnajünger verwandeln würde, mit Kahlkopf und Glöckchen an den Zehen, nur um nicht mehr allein zu sein. So bin ich. Ich bin ein kleines gezähmtes Tierchen. Sie haben mich mit sauren Drops und *Fisher-Price*-Spielzeug handzahm gemacht, mit Zuckerbrot und Peitsche. Ich werde an den Meistbietenden verkauft. Sobald mir irgendwer, der erste beste Unbekannte, Bonbons verspricht, kletter ich in sein Auto, ohne mich lange zu besinnen. So ist es, fertig. Ich bin auf meinen Vorteil bedacht, wer's glaubt oder nicht.

Meine Großmutter sitzt im Dunkeln und in der Stille ihres Wohnzimmers, genau, wie ich dachte. Sie sitzt beim Fenster. Sie hat die Beine übereinander geschlagen. Sie stützt sich auf die Armlehne von ihrem runzligen braunen Sofa. Sie hat feuchte Augen. Sie hat geweint. Sicher Krokodilstränen, aus denen man einen Koffer machen könnte. Man denkt nie, dass sie wirklich weint, meine Großmutter. Sondern dass sie immer nur so tut, als würde sie eine glänzende Stelle irgendwo auf dem Fußboden anstarren, bis ihr die Augen brennen, oder als würde sie sich Seife in die Augen reiben oder als würde sie heimlich an Zwiebeln riechen. Ich mach so was, wenn ich was geschenkt kriegen möchte. Wenn meine Großmutter so was macht, dann nicht für Geschenke, sondern um anderen Schuldgefühle zu machen. Damit die Schuldgefühle einen von den Zehennägeln bis zu den Haarwurzeln auffressen, damit die Schuldgefühle einen bis auf die Knochen durchdringen und man von ihr abhängig wird, verdammte Scheiße.

– Omi, erzählst du mir eine Geschichte?
– Gut. Kannst du nicht schlafen?
– Nein.
– Okay. Komm, wir gehen ins Schlafzimmer.

Als wir wieder im Schlafzimmer sind und beide auf ihrem Bett liegen, in ihren pipigelben Bettüberwurf gehüllt, liest meine Großmutter mir mein Lieblingsmärchen vor: *Cinderella*.

– Es war einmal ein hübsches kleines blondes Mädchen, das lebte mit seinem Vater ...

Die Wörter scheinen wie ein Glitzerregen vom Himmel zu rieseln. Alles wird verzaubert. Alles wird feenhaft. Schon beim ersten Satz bin ich vollkommen in der Geschichte drin, bin ich Cinderella. Die hübsche Cinderella von Disney, die von ihrer Familie gequält wird, aber die eines Tages ein irrsinniges Comeback hinlegt. Ich werde auch eines Tages ein irrsinniges Comeback hinlegen, und alle, die mich quälen, werden dafür zahlen.

– Ihre Stiefmutter und ihre beiden hässlichen Schwestern liebten sie nicht und lachten sie oft aus ...
– Siehst du, Omi, so böse bist du auch manchmal.
– Na hör mal, ich lache dich nicht aus.
– Nein, aber du bringst mich zum Weinen.
– Weil ich dein Bestes will, auch wenn ich mal böse sein

muss. Aber so böse bin ich gar nicht. Manche Kinder werden misshandelt. Sie kriegen nichts zu essen. Oder nichts anzuziehen. Sie werden festgebunden und mit brennenden Zigaretten gequält. Wenn man sich nicht mit ihnen vergnügt.
– Sich mit ihnen vergnügt? Das macht doch Spaß, sich mit jemandem zu vergnügen?
– Nicht nett vergnügt, sondern anfasst. Du weißt schon, da anfasst, wo man das nicht darf.
– Wo man das nicht darf?
– Am Po!

Und jetzt legt meine Großmutter los. Sie drängt mich, sie fragt mich, sie quetscht mich aus, sie drückt und presst, als wollte sie Saft aus mir machen. *Komm mal her, mein Schätzchen, komm zu deiner Omi!* Und dann würde sie mich in zwei Hälften schneiden und auf der Zitronenpresse ausdrücken, bis nur noch die Schalen übrig sind. Oder sie würde mich zerschneiden und in die Küchenmaschine werfen, Stück für Stück, Deckel drauf, Messer an, versaften. So will sie mich ausquetschen. Meine Großmutter will mich dazu bringen, dass ich Sachen sage, sie will, dass ich Sachen zugebe, die sie erfunden hat. Sie will, dass ich Lügen erzähle; Lügen, die sie glücklich machen und zum Lächeln bringen. Schlimme Sachen, die ihr das Leben schöner machen, die sie glauben lassen, sie wäre nicht allein auf ihrem Kreuzzug gegen alle Freunde von meiner Mutter. Meine Großmutter will mich dazu bringen, dass ich Sachen sage, die ich nicht sagen will, die ich nicht sagen kann.

Um das Thema zu wechseln, erzähle ich einfach alles, was mir so durch den Kopf geht. *He, Omi! Ich hab Hunger! He, Omi! Mich juckt es überall, Omi! Im Flur ist ein Gespenst!* Aber sie lässt nicht locker und klammert sich hinter meinen Wörtern fest wie ein Journalist beim Interview, der was rauslocken will. Sie will weitermachen, bis ich sage, dass ihre Erfindung wahr ist.

– Hat der neue Freund von deiner Mutter dich schon mal gekillert?
– Klar hat er mich gekillert!
– Aha, und wie?
– Na mit den Fingern, so.
– Aha, und wo genau?
– Am Rücken und auf dem Kopf.
– Hat er dich auch schon mal woanders gekillert?
– Weiß nicht mehr.
– Du willst es mir nur nicht sagen.
– Lass mich in Ruhe! Ich hab's dir doch gesagt, er hat mich am Rücken gekillert und am Kopf. Ich erzähl doch keine Lügen.

Sie macht weiter. Verbissen. Ich will nicht schlecht über den neuen Schatz von meiner Mutter reden. Ich finde ihn eigentlich nett, den Schatz von meiner Mutter. Er verwöhnt mich, er kauft mir Spielsachen. Und er geht oft mit uns ins chinesische Restaurant. Ich geh gern im chinesischen Restaurant essen. Meine Großmutter würde da nicht mit mir hingehen. Sie ist überzeugt, dass die Chinesen Ratten, Katzen und Tauben kochen und in die Frühlingsrollen Bakterien reintun, von denen man krank wird. Sie glaubt felsenfest, dass die Chinesen uns die Mägen kaputtmachen und auf diese Weise die Weltherrschaft an sich reißen wollen. Glaubt sie wirklich.

Der Schatz von meiner Mutter fährt mich im Auto spazieren, und das zählt mehr als alles andere. Ich brauch das. Ich brauche, dass man mit mir im Auto spazieren fährt. Meine Mutter und er sitzen vorn, und ich liege ganz für mich allein auf der Rückbank, sehe die Straßenlaternen vorbeiziehen und hoffe, dass ich am Himmel eine fliegende Untertasse sehe. Meine Großmutter kann nicht mit mir im Auto spazieren fahren, sie hat keins. Sie ist zu arm. Ihr Mann hat ihr nichts hinterlassen, als er gestorben ist. Er hat ihr nur Ärger hinterlassen und eine Mordslust, ihn umzubringen. Das Erste, was meine Großmutter gesagt hat, als mein Großvater gestorben ist, war: *Na endlich!* Dann warf sie alles weg, was ihm gehörte, und zerschlug sämtliche Möbel, die sie im Laufe der Jahre angeschafft hatten. Und sämtliche Fotos, auf denen sie beide zu sehen waren, zerriss sie. Und wenn er auf einem Foto mit mir oder mit meiner Mutter zu sehen war, dann schnitt sie ihn aus und warf ihn weg. So dass unsere Familienfotos jetzt fast alle zerschnitten sind und nur noch ich oder meine Mutter drauf sind. Unser Fotoalbum sieht superscheußlich aus!

Eine Stunde, zwei Stunden, drei Stunden lang bearbeitet sie mich, ich werde butterweich, und am Ende sage ich, was sie hören will.

– Ja, er hat mich angefasst. Er hat mir Watte in den Po gesteckt.

Jetzt ist sie zufrieden. Jetzt lächelt sie mit gebleckten Zähnen. Jetzt hat sie's geschafft, sie denkt, jetzt hat sie die Zukunft meiner Mutter wieder in der Hand. Sie hofft, dass sie meine Mutter auf diese Weise bei sich behalten kann, griffbereit, ihr ganzes Leben lang, damit sie auf ihre alten Tage nicht allein ist. Ich sehe, wie glücklich sie ist, und mir ist komisch. Sie sieht aus wie ein kleines Mädchen, das zu Weihnachten die Puppe seiner Träume gekriegt hat. Und wie sehe ich aus? Ich weiß nicht. Ich weiß auch nicht, warum ich das gesagt hab, er hätte mir Watte in den Po gesteckt. Ich weiß nicht mal, woher ich das hab. Obwohl, doch. In dem Augenblick, als ich den Mund aufmachte, um was zu sagen, fiel mir eine Reklame für Watte ein. Und plopp!, war das Wort raus. Eine Erfindung in einer Notsituation. Jetzt sitze ich hier und bin selber ganz schön Watte.

— Omi, du darfst das keinem erzählen, was ich eben gesagt hab!
— Aber natürlich doch! Es ist nur zu deinem Besten und dem von deiner Mutter. Dieser Mann ist gefährlich! Wenn wir ihn nicht verhaften lassen, dann entführt er euch, dich und deine Mutter, dann bringt er euch ganz weit weg, erst vergewaltigt er euch und dann bringt er euch um. Und kein Mensch kann euch finden, weil er euch nachts im Dunkeln auf einem Feld liegen lässt. Man muss ihn anzeigen! Ihn anzeigen!

Meine Großmutter schaut ins Leere und nickt sich Beifall für ihren durchgeknallten Plan. Ihre Lippen bewegen sich. Jetzt spricht sie mit sich selber. Sie wirkt ganz verrückt. Man müsste sie einsperren, genau wie meine Mutter. Verrückte muss man einsperren. Sonst stecken sie die anderen an. Verrücktsein ist ansteckend, ich weiß, wovon ich rede. Meine Großmutter lebt in Freiheit, aber mir blüht es. Wie die Blüte genau aussehen wird, weiß man noch nicht. Außerdem zähle ich nicht mehr. Omi interessiert sich nicht mehr für ihr kleines Äffchen. Ich habe gesagt, was sie hören wollte. Jetzt kann ich ihretwegen an meinen Schuldgefühlen ersticken, was schert es sie. Ich interessiere sie nicht mehr. Ich bin zu klein, um in ihren Plänen eine Rolle zu spielen.

Nachher, wenn meine Mutter und ihr Schatz aus dem Centre Roland-Robillard zurückkommen, wird meine

Großmutter versuchen, mit meinen Worten ihre Liebe zu erdolchen. Es wird Geschrei geben, Tränen, Scherben. Ich werde so Angst haben, so nervös sein, dass ich genug Kraft haben werde, die dicke Kommode im Schlafzimmer meiner Großmutter beiseite zu rücken, um mich dahinter zu verkriechen. Mindestens eine Tonne wiegt die. Meine Großmutter wird alles Geschirr, das sie im Schrank hat, durchs Zimmer feuern. Meine Mutter wird sich zusammenkauern und weinen, am Boden, in der linken Ecke von der Küche, gleich neben der Tür. Mein zukünftiger Stiefvater wird erst ordentlich herumkrakeelen und dann Türen schlagend verschwinden. Die Scheibe in der Haustür wird zerschellen. Der eiskalte Winterwind wird hereinfegen, die Gardinen und das herumliegende Papier flattern lassen. Unter der dicken gelben Glühbirne, die so hell ist, dass sie in den Augen wehtut, wird alles aussehen wie in einem verlassenen Haus, in dem die verirrten Reisenden, die hier Zuflucht suchen, den Verstand verlieren.

Jene Nacht durchwache ich mit meiner Mutter. Das erste Mal in meinem Leben, dass ich nicht schlafe. Eine schlaflose Nacht. Als meine Großmutter sich beruhigt und sich ins Dunkel ihres Wohnzimmers zurückgezogen hat, krieche ich aus meinem Versteck hinter der Kommode hervor, die eine Tonne wiegt, und gehe zu meiner Mutter. Erst ziehe ich sie am Arm, sie soll mitkommen. Ich sage: *Mama! Mama! Komm mit hinter die Kommode, da kann uns nichts passieren! Mama! Komm! Komm!* Sie schaut mich an und weint sich weiter die Seele aus dem Leib, und, mein Gott, der Leib ist ganz voll mit Tränen! Meine Mutter weint die ganze Zeit, das muss an ihren Pillen liegen, die lassen bestimmt die Tränendrüsen wachsen. Als ich sehe, dass sie nicht mitkommen wird, ziehe ich sie an beiden Armen und sage: *Mama! Komm hinter die Kommode! Da kann uns nichts passieren! Komm mit! Bitte ... Mama ...* Sie bewegt sich immer noch nicht. Also setze ich mich neben sie und warte. Ich warte, wer weiß, worauf. Aber ich warte zusammen mit ihr, auf den Boden gekauert. Beide sitzen wir nebeneinander auf dem Küchenfußboden; dem Fußboden mit dem Dreck von den vielen Winterstiefeln.

Ein Jahr später heiratet meine Mutter meinen Stiefvater trotzdem, die Restaurants und Spazierfahrten im Auto zählen mehr als Watte im Po, aber nur für ein paar Monate. Die Ruhe vor dem Sturm hält nicht lang. Die Amnestie wird bald widerrufen. Ich bin schuld, ich hab das Heimatland an den Feind verkauft, um meine Ruhe zu haben. Ich bin eine kleine Vaterlandsverräterin, eine Heimatlose, ein kleines fünfjähriges Judaskind. Von jetzt ab kennen meine Spiele keine Grenzen mehr, ich befinde mich im Kriegszustand gegen die Menschheit, aber vor allem gegen mich selbst.

9   Vergnügungspark

Für Éric Villeneuve, der die ganze Zeit lächelte und sich am 24. April 1998 (vor drei Tagen), mit siebenundzwanzig ... Beruhigungsmittel und Plastiktüte über den Kopf. Wie in dem Lied von Peter Gabriel, das du mir mal aufgeschrieben hattest, Éric. Oh! Here comes the flood ... We will say goodbye to flesh and blood.

Ihre Augen gehen auf und wieder zu. Fast unbewusst weiß sie, dass ich bei ihr bin, denn sie hält mir die Hand. Sie sagt kein Wort. Ich sage kein Wort, ich schaffe es nicht. Ich habe vergessen, wie man das macht, reden. Ich würge von innen. Ich weiß nicht mehr, wie ich den Mund aufmachen soll. Ich weiß nicht mehr, wie ich atmen soll. Ich habe Schluckauf. Bei jedem Atemzug kommen Stücke von meiner Luftröhre den Hals hoch. Die Kehle brennt. Alles ist roh. Überall. In mir und außer mir: Sogar die Wände sind roh. Mir kommt alles rot vor. Rot, mit Blitzen, die überall zucken, wo ich hinschaue. Ich sehe das Leben durch ein Kaleidoskop wie mit elf. Ich muss aufstehen und den Notarzt rufen, aber sie will es nicht und hat meine

Hand fest in ihrer, ich kann sie nicht wegziehen. Sie hat nie ins Krankenhaus gewollt. Sie hat gesagt, die Ärzte seien schlimmer als die Nazis. Also bleibe ich bei ihr, weder im Sitzen noch im Stehen, irgendwie dazwischen. Eingeknickt, als hätte ich schlimmes Bauchweh. Ich starre blicklos auf das, was passiert. Aber was genau passiert denn? Da liegt meine Großmutter vor mir: Sie röchelt. Sie kann immer schlechter atmen. Sie ist so alt. Achtundneunzig Jahre, das ist viel für eine Großmutter. Zu viel. Dabei ist sie jung. Sie ist genauso jung wie ich. Neulich noch hat sie Federball mit mir gespielt. Und gewonnen. Ich ließ sie gewinnen, weil sie das so mochte und danach den ganzen Abend lang lächelte. Sie gab mir Kekse und lächelte. Wenn ich könnte, Omi, ich würde dir zwanzig Jahre von meinem Leben geben. Nein, dreißig, vierzig, hundert Jahre von meinem Leben, mir liegt nicht viel daran. Ich hab immer die Klinge in der Nähe der Adern. Die Klinge, die die Adern der Länge nach öffnen wird, damit es auch ganz sicher nicht schief geht.

Sie röchelt. Sie hält meine Hand immer lockerer. Ich will den Notarzt rufen oder die 911 wählen, aber sie will nicht und hält meine Hand fest.

– Omi. Nein. Bitte! Bleib da noch ein bisschen ... noch ein paar Jahre ... Mama ... Omi ... Mama ... Lass mich den Krankenwagen rufen. Die helfen dir ...

Sie röchelt noch einmal. Ihr Mund steht weit auf. Es sieht hässlich aus. Ihr Mund macht Angst. Ihr Mund und ihr Körper. Sie ist so dünn. Dünn wie Mister Burns aus den *Simpsons*. Seit einiger Zeit kann man buchstäblich zusehen, wie sie wegschmilzt. Ihr Fett scheint sich im freien Fall zu befinden. Meine Großmutter verschwindet eine Fettzelle nach der anderen aus der Welt. Soll ich sie vielleicht in Zellophan wickeln, damit sie nicht wegkann, damit sie bei mir bleibt? Sie ist meine ganze Familie. Das einzige Band, das mich noch wirklich an diesem verfluchten Planeten hält, an diesem verfluchten Leben ...

– Omi ... Bitte, bleib da ... Für mich. Ich kann nicht atmen, wenn du nicht da bist, ich kann das nicht ganz allein. Ich hab viel zu viel Angst. Ich bin noch viel zu klein, du darfst mich nicht allein lassen. Schau meine Hand an, eine Babyhand, die noch nie was Böses angefasst hat ... Schau meine feinen Haare an, Babyhaare, die man mit Babyseife waschen muss. Ich kann nicht mal allein gehen, ohne Dummheiten zu machen, das weißt du doch ...

Die Nabelschnur, die mich an meine Mutter fesselt, ist kurz davor, durchtrennt zu werden. Ich habe Atemnot. Ich werde nicht überleben, das ist mir nur zu klar. Ich kann es nicht. Weil ich noch nicht abgestillt bin. Der auf einem schmutzigen Fußboden vergessene Fötus ist zu schnell gewachsen. Ich brauche mein Laufställchen. Ich brauche mein Fläschchen, meinen Schnuller, meine Plazenta. Ich muss zurück in den Bauch.

– Omi, bleib da! Ich brauch dich, das dumme Zeug, das du erzählst, deine Schimpfereien, ich weiß nicht, was … Weißt du noch, als ich klein war, da haben wir samstagabends die Filme gesehen, die Radio Québec brachte, Filme von Fellini. Damals wusste ich nicht, wer das war, Fellini, und du genauso wenig. Aber das war dir sowieso immer egal, weil du die Geschichten mochtest. Ich fühlte mich nicht ganz allein. Du warst da, neben mir auf dem alten karierten Sofa, das so nach Katzenpisse gerochen hat. Die Hände flach auf die Schenkel gelegt, deine gespreizten Finger bewegten sich ein bisschen, das war so ein nervöser Tick. Du bist eben auch nervös. Wie ich. Nervös. Das Drama, das die ganze Zeit über deinem Kopf schwebt. Diese Schuld, die du immer so schlecht ertragen konntest. Deine beiden toten Kinder: eineinhalb Jahre und sechs Monate. Zwei kleine Mädchen. Darum erstickst du mich und hast meine Mutter erstickt … Omi, du musst weiterleben. Für mich.

Sie röchelt nicht mehr.

Im Haus schlägt ein Herz. So laut, dass die Wände wackeln, dass die Tapete sich löst, dass der Fußboden sich öffnet. Dennoch fließt das Blut in den allzu weiten Adern ruhig dahin. Es atmet. Ohne allzu große Anstrengung. Und das Herz schlägt weiter. Meines. Ob ich eines Tages aus diesem Albtraum aufwache? Bis es so weit ist, muss ich meine Nerven sortieren, meine aus ihren heraussuchen. Ich muss dem kleinen blonden Mädchen seine Nerven zurückgeben. Es wartet schon so, so lange. Bleibt mir immer auf den Fersen. Wahrscheinlich ist es schwierig für die Kleine, alles zu begreifen. Ich muss verständnisvoll sein. Sie schaut mich an. Sie ist so klein. Dabei sieht sie äußerst entschlossen aus. Etwas von meiner Großmutter lebt in ihren Augen. Sie hat die Augen meiner Großmutter, bevor sie alt wurde und Affenaugen bekam. Graue Affenaugen. Sie hat große Augen. Man hat mir immer gesagt, ich hätte dieselben Augen wie meine Großmutter, als sie jung war. Große Augen. Man hat mir immer gesagt, ich hätte dasselbe Temperament wie meine Großmutter. Und ihre großen Augen. Ich will dem kleinen blonden Mädchen seine Nerven wiedergeben, aber meine tote Großmutter hält meine Hand zu fest, ich kann mich nicht freimachen. Also gebe ich dem kleinen Mädchen ein Zeichen, es soll später wiederkommen. Dann bekommt es sie.

Meine Hand steckt immer noch in der von meiner Großmutter. Ich lege mich neben sie und schaue sie an. Sie hat eine schöne Nase, finde ich. Wie Kleopatra. Mir haben sie oft gesagt, ich hätte eine Nase wie Kleopatra, also habe ich die Nase von meiner Großmutter. Ich sehe ihr ähnlich. Ich sah ihr ähnlich, denn sie ist nicht mehr.

Meine Großmutter ist tot.

– Omi, hab ich dir von dem schönsten Tod erzählt, den ich je gesehen hab? Eine Möwe vorm Haus. Ihr großer, geöffneter Schnabel versuchte, noch einen letzten Atemzug einzufangen, der nicht kam. Ihr Kopf sank auf den einen Flügel, dann auf den anderen. Ihre graziösen Flügel machten Bewegungen wie eine Ballerina ... eine graziöse Ballerina. Und die kleinen Vietnamesen um sie herum hatten Stöcke in der Hand und zerschlugen diesen schönen Tod. Omi, bitte ... nimm mich mit. Es tut mir so furchtbar Leid. Ich hätte etwas tun müssen, dich daran hindern müssen zu sterben. Ich hätte ... Omi ... Du hast nicht verstanden. Ich hab immer dein Superheld sein wollen. Schau, Omi, wenn du meine Hand loslässt, dann kann ich es dir zeigen ... Das Kostüm ist gleich unter meinem Rock. Das blaue Superman-Kostüm mit dem großen roten Umhang ... Du wirst schon sehen, Omi, ich bin dein Superman, und ich werde dich retten. Ich nehme dich in die Arme, und wir fliegen einfach weg. Ich beschütze dich vor allen möglichen Unfällen, vor allen möglichen Weltuntergängen. Du musst mir nur eine Chance geben, Omi ...

Es ist hell. Ich habe geschlafen. Lange. Ich weiß nicht. Es ist hell. Ich mache die Augen auf. Es riecht schlecht. Omi riecht so. Und ich auch. Der Geruch meiner Großmutter hat sich in meine Kleider gefressen, in meine Haut, in meine Haare. Ich bin ganz dicht neben ihr eingeschlafen. Das hab ich schon sehr lange nicht mehr getan, seit ich ganz klein war. Ich rieche nach Tod. Ich rieche nach Frühstückswürstchen in der Pfanne, ich hab immer gefunden, das riecht nach Tod, diese kleinen Bratwürstchen in der Pfanne. Also hab ich sie Todeswürstchen getauft. Meine Großmutter riecht nach Todeswürstchen. Was soll aus mir werden? Meine Großmutter war doch immer in meinem Kopf, unablässig, sie war meine innere Stimme, ihre Augen folgten mir überall hin. Ich bin schon so lange mit ihr vereint, dass ich verlernt habe zu denken, darum wirbeln die Gedanken wie Kreisel in meinem Kopf; dass ich verlernt habe zu lieben, darum flieht die Liebe immer zwischen meinen Beinen aus meinem Bauch; dass ich verlernt habe zu sein. Sein. Was soll aus mir werden? Vor Jahrhunderten schon habe ich meine Leichtigkeit verloren, Hektoliter von Traurigkeit hausen in mir und fließen ebenfalls zwischen meinen Beinen heraus. Ich fliehe durch meine Vagina. Darum genügt mir ein Nichts, um geil zu werden.

Ich schaue raus. Es regnet. Ich starre auf das weinende Fenster. Ich werde gehen. Meine Großmutter hält meine Hand felsenfest. Mit einem raschen Ruck mache ich mich los. Es kracht. Ein grässliches Geräusch. Wie wenn einer mit kaputten Knien sich hinhockt.

Entschuldige bitte, Omi, ich hab dir nicht wehtun wollen. Nie hab ich dir wehtun wollen. Jetzt muss ich gehen. Ich muss dich verlassen, um dich besser wiederzufinden. Du hast beschlossen, hier zu sterben. Ich habe beschlossen, woanders zu sterben. I'm sorry. Wir kriegen kein Familiengrab. Du hast ja sowieso immer gefunden, dass mir der Familiensinn abgeht und dass das auch gut so ist. Du warst auf mich deswegen stolz. Stolz. Jetzt fällt es mir erst ein: Du hast mir nie gesagt, dass du stolz auf mich bist. Nein, nur anderen hast du erzählt, dass du stolz auf mich bist, weil ich nicht an der Familie hänge, aber mir selbst nie. Auch sonst hast du mir nie was Nettes gesagt ... Doch, stimmt, einmal hast du gesagt, dass ich hübsch bin. Du hast gesagt, ich bin eine schöne Frau. Das war das einzig Gute, das du je zu mir gesagt hast: eine schöne Frau. Aber dann hast du gleich dazugesagt, dass ich alles verderbe, weil ich hübsch bin. Meine Schönheit ist mein Verderben. Was soll's! Meine Schönheit ist nicht mehr mein Verderben, denn ich habe beschlossen, sie dir zu schenken, meine Schönheit, Omi, ich schenke sie dir. Es ist nur eine Frage der Zeit.

Ich gehe hinaus. Ich gehe schwankend die Straße entlang. Ich gehe wie eine Verrückte. Ich weiß nicht, ob alle Leute mich anstarren, weil ich gehe wie eine Verrückte oder weil ich seit zwei Tagen dieselben Sachen anhabe; meine

Kleider, die nach den kleinen Todeswürstchen riechen. Meine zerknitterten Kleider. Zum Glück fällt nicht so auf, dass sie zerknittert sind, denn ich trage nur Schwarz. Seit ich fünf bin, ziehe ich mich von Kopf bis Fuß schwarz an, als wäre ich in Trauer. Das bin ich eigentlich auch, in Trauer, sogar schon, bevor meine Großmutter gestorben ist. Eigentlich schon vor meiner Geburt, weil ich da schon keine Familie mehr hatte. Nichts mehr. Meine Mutter hat mich gekriegt, als sie in einer Blase aus Medikamenten lebte. Es hat viel gebraucht, bis ich endlich schrie; sie mussten mich schlagen, ein Mal, zwei Mal, drei Mal. Ich lebte auch ganz benommen in einer Blase aus Medikamenten. Suchtbaby. Ich brauchte als Säugling Nikotinpflaster. Musste aufhören zu rauchen. Aufhören zu flirten. Aufhören zu trinken. Aufhören. Mein Leben mit dem Versuch zubringen, nicht mehr abhängig zu sein und Trauer zu tragen. Trauer. Schwarz kleidet mich und bewohnt mich. An mir wird das Schwarz zur Reinheit des Bösen. Das Schwarz ist schön, es macht mich schön. Eines Tages wollte ein König heiraten. Zwischen zwei Bräuten hatte er zu wählen. Ein für alle Mal, für gute und für schlechte Zeiten. Eine Gute und eine Böse. Ein für alle Mal, für gute und für schlechte Zeiten. Da heißt es die rechte Wahl treffen. So ein Königsleben kann lange dauern. Um die vollkommene Wahl zu treffen, bestellte er beim Palastmaler, sicher einem französischen Maler, der die ganze Zeit herumprahlte wie mein Exlover, Porträts von den Kandidatinnen. Zwei Bilder, anhand deren er seine Entscheidung treffen und sich ein für alle Mal binden und an die eheliche Leine legen lassen wollte. Wie jeder gute Künstler erfasste der Maler die Menschen intuitiv. Also malte er die Böse umgeben von einem Farbgemisch und die Gute vor schwarzem Hintergrund. Das Gesicht der Bösen verlor sich zwischen all den Farben, das Gesicht der Guten trat aus dem schwarzen Gemälde hervor. Der König entschied sich für die Gute und heiratete sie.

Ich hab immer die sein wollen, für die man sich entscheidet, die Gute. Hab immer die sein wollen, die man beachtet, die Verführerische, die Schöne der Nacht. Ich hab nie das fünfte Rad am Wagen sein wollen. Aber das ist jetzt vorbei. Nachher bringe ich Farbe in meine schwarzen Kleider, schöne lebensvolle Farbe.

Ich gehe schnell durch die Straße. Seltsam, ich stolpere nicht mehr. Ich gehe mit festem Schritt. Ich weiß nicht, wohin, aber ich gehe rasch und komme aus der Puste, das ist das Wichtigste. Der Himmel ist grau verhangen, betonschwer. Es ist feuchtwarm. Ich schwitze in großen Tropfen. Normalerweise finde ich mich bei so einem Wetter schön, aber heute ist mir das scheißegal. Scheißegal, weil ich nach und nach meine Schönheit ablege. Ich bereite mich auf eine andere Trauer vor. Eher wird es eine Opfergabe für meine Omi sein, sie wird sich freuen.

Was, Omi, du wirst dich freuen!

Die Leute gehen direkt auf mich zu. Als würden sie mich nicht sehen, als wäre ich durchsichtig. Oder gehe ich direkt auf sie zu? Ich weiß nicht. Das Licht ist zu hell, es scheint mir überallhin zu folgen, als wollte es mich zu einem Geständnis bringen. Ich gehe nicht mehr, ich renne. Ich fliehe vor dem Licht. Seine Helligkeit ist brutal, sie tut mir weh, zerkratzt mir die Haut. Ich renne, ich renne, ich komme in eine schmale Gasse. Ich krieche in die Kartons, die auf dem Boden herumliegen. Ich muss mich vor der Helligkeit schützen, sonst können alle in mir lesen, sonst können alle meine Gedanken lesen, und das, das will ich nicht. Ich will nicht entdeckt werden. Ich bin voll Gift. Ich habe meine Mutter getötet. Ich habe meine Großmutter getötet. Ich zerstöre, was ich berühre. Ich bin eine Rose, die sogar auf den Blütenblättern Dornen hat.

Die Sonne scheint unvermindert hell. Ihre Strahlen sind wie Schwerter, die mich durchbohren wollen. Ich darf nicht mehr denken. Konzentrier dich. Konzentrier dich. Da, darauf. Ein Graffito an einer Wand, gleich vor mir, vor meinen Kartons. Viele Farben: rosa, rot, grün. Ein Graffito. Konzentrier dich. Ein Graffito. Nicht in Panik geraten jetzt. Bloß nicht. Warum ist das kleine blonde Mädchen nicht da? Ein Graffito. Es würde mir helfen. Ein Graffito. Rosa, rot und dazu grün. Das Licht ist zu hell. Ich darf die Nerven nicht verlieren, sie gehören nicht mir. Mir. Mach die Augen zu. Ein Graffito. Psst! Psst!

– Haut ab! Haut ab!

Kleine Vietnamesen umringen mich.

– Haut ab! Haut ab!

Sie mustern mich. Was ist passiert? Wahrscheinlich bin ich ohnmächtig geworden. Wie viele Stunden bin ich schon hier? Es ist dunkel. Ich erinnere mich an die Helligkeit, die mich vergewaltigen wollte. Ich erinnere mich an die Leute, die auf mich zu marschiert kamen. Ich erinnere mich an den Tod. He, ich darf mein Vorhaben nicht vergessen … Ich brauche Geld.

– Haut ab, ihr da! Ich bin keine sterbende Möwe, ihr kriegt mich nicht. Haut ab! Verschwindet!

Die Vietnamesen laufen auseinander, und ich krieche aus meiner Notunterkunft. Ich krieche aus meiner Lethargie. Ich darf mich nicht mehr gehen lassen. Kein Gehenlassen mehr. Ich habe etwas vor.

– Antoine.
– Sissi, du bist's, wo steckst du? Was gibt es?
– Antoine …
– Sissi, was hast du denn?
– Antoine …
– Sissi, jetzt sag mir endlich, was ist!

- Meine Großmutter ... meine Großmutter, meine Mutter ... ist tot.
- Oh! Warte, Sissi, ich komme sofort zu dir ... wo bist du?
- Antoine, ich will ersticken. Ersticken! Du darfst nicht kommen, ich will dir nichts Böses, verstehst du. Ich bringe allen Leuten Unglück. Gib mir Geld, ich muss meine Großmutter beerdigen.
- Sissi, ich komme sofort ...
- Verstehst du nicht? Ich will Geld! Ich will meine Großmutter beerdigen, aber ich will dich nicht sehen, ich will dir nichts Böses. Schick mir Geld, mehr nicht! Überweise es auf mein Konto.
- Aber Sissi ... die Banken haben zu. Ich kann jetzt keine Überwei...

Ich lege auf. Schnell, ich muss wen anders anrufen. Ich will Geld, aber wen? Wen?

- Hallo, Éric, hier ist Sissi.
- Halloo! Von dir habe ich ja lange nichts mehr gehört.
- Hmja.
- Wie geht's dir denn so? Ich habe dich vermisst. Warum bist du einfach so verschwunden? Einfach so? Warum?
- Éric, meine Großmutter ist gestorben. Ich bräuchte Geld für die Beerdigung.
- Kein Problem, wie viel brauchst du?
- Éric, kannst du mir helfen? Ich bräuchte auch eine Unterkunft. Könntest du mir heute Nacht das Hotel bezahlen?

– Klar! Wo kann ich dich treffen?
– Vor dem Hôtel Château de l'Argoat.

Und so geht es wieder los. Mir kommt es vor, als hätte ich das schon eine Million Mal erlebt. Ich liege auf dem Bett in einem Hotelzimmer. Aber diesmal weiß ich die Zimmernummer: 13. Darauf habe ich bestanden. 13 ist eine Unglückszahl, und ich bin unglücklich. Ich weiß auch den Namen des Hotels, Château de l'Argoat. Ein Schloss für eine Prinzessin, Sissi. Ein Wolkenschloss für ein heruntergekommenes Aschenputtel. Cinderella war immer mein Lieblingsmärchen. Ich weiß nicht, wie oft ich es gelesen habe, wie oft meine Großmutter es mir vorgelesen hat: hundert Mal, zweihundert Mal, tausend Mal. Ich wollte immer Cinderella sein und von einem schönen Märchenprinzen aus meinem tristen Dasein gerettet werden. Aber die Prinzen ... Antoine ist eine Zeit lang einer gewesen, bis ich alles kaputtgemacht hab. Und Éric ein Prinz? Nein. Ein fetter Frosch, der im Bett quakt. Nackt, fett, glitschig.

Ich strecke mich aus. Éric robbt auf mich zu, um sich auf meinen Körper zu legen. Er kommt über mich. Er ist schwer. Ich fühle mich wie die Hexen von Salem, die bei lebendigem Leibe verschüttet wurden, unter riesigen Felsbrocken. Los, zerquetsch mich. Ich will ersticken. Ich mache die Augen zu. Er bewegt sich, seine Hände sind überall, er küsst meine Haut, die schon fast nicht mehr mir gehört. Er atmet schwer. Meine Großmutter hat geröchelt. Er atmet und stößt komische Töne aus wie ein brünftiges Tier. Hässlich ist das. Mir war das Röcheln meiner Großmutter lieber. Seine Hände, die immer noch überall rumfingern, stehlen mir die Konzentration. Seine Hände und sein Atem. Ich habe nichts getrunken, dieses eine Mal. Ich habe vergessen zu trinken, dieses eine Mal. Hart ist die Wirklichkeit. Seine Finger fassen in alle Löcher, die sie finden. Sie glitschen überall herum. Ich bin müde. Ich würde gern wieder neben meiner Omi liegen. Abgesehen davon, rieche ich immer noch nach Tod. Und er schnüffelt die ganze Zeit an mir. Der Geruch des Todes scheint ihn zu erregen.

Er dreht mich um. Ich soll auf ihm liegen. Er will, dass ich mich auf seinen fetten Bauch setze. Er will mich anschauen. Er möchte meinen kleinen Körper anschauen, der immer dünner wird. Meinen kleinen Körper, der immer weniger Formen hat. Er möchte, dass ich ihn auch anschaue. *Sissi, schau mich an.* Aber das bringe ich nicht fertig. *Sissi, mach die Augen auf.* Ich zwinge mich, sie zu öffnen. Ich schaue im ganzen Zimmer herum, nur nicht auf ihn. Alles ist weiß. Die Wände sind weiß gestrichen, das Bettzeug ist weiß, die Vorhänge sind weiß. Absolut alles. Außer ihm. Éric versucht, in mich einzudringen, ich presse die Schenkel aneinander. Ich kann nicht. Ich kann nicht mehr.

– Éric, geh.
– Aber ... aber ...
– Geh, bitte! Ich muss allein sein ... ein bisschen. Bitte!

Éric ist aufgestanden und gegangen, ohne ein Wort. Wie ein geprügelter Hund. Den Schwanz schlaff zwischen den Beinen. Derselbe Typ, der mich in demselben Hotel gevögelt hat, vor ein paar Jahren. Jetzt liege ich auf dem Bett im Zimmer Nummer 13 im Hôtel Château de l'Argoat, und ich weine nicht. Meine Augen sind so trocken wie Herbstlaub, wie diese Blätter in den Anzeigen für Feuchtigkeitscreme. Ja, du hattest Recht, Omi. Meine Schönheit ist mein Verderben.

Ich stehe auf. Ich trete vor den Spiegel, um mich anzusehen. Ich sehe mein Gesicht wie hinter einem Schleier. Der Mondschein ist die einzige Beleuchtung. Mein langes blondes Haar fällt mir zerzaust auf die Schultern, wie Vorhänge, Vorhänge, die mein trauriges Gesicht umrahmen. Dieses traurige Gesicht muss erheitert werden. Ich bin zu jung, um so traurig zu sein. Zu jung, sechsundzwanzig. Aber mir ist, als wäre ich hundert Jahre alt, so schwer habe ich an meinem Leben zu schleppen.

Peng! Ein Fausthieb in den Spiegel! Der Spiegel zerbricht, zerbirst zu tausend Scherben, die aber nicht herunterfallen. Ich schaue mich an, mein Gesicht sieht jetzt aus wie ein Puzzle. Ich nehme das Stück mit meiner linken Schulter heraus. Ich werde dieses traurige Gesicht heiterer machen. Ich setze die Spiegelscherbe gegen meine Lippen. Ich male mir einen lachenden Mund. Einen schönen lachenden Mund. Der Spiegel ist mein Messer, ich ziehe die Mundwinkel bis mitten auf die Wangen. Erst links, dann rechts. Sorgfältig. Beide Seiten schön gleichmäßig. Das ist wichtig. Ich liebe Symmetrie. Schon als ich klein war ... Das sagte schon meine Mutter: *Du hast immer stundenlang an deinen Zeichnungen gesessen. Du hast das gut gekonnt. Du hättest eine große Zeichnerin werden können.* Siehst du, Mama, ich kann immer noch genauso gut zeichnen! Siehst du, jetzt zeichne ich mir ein schönes Clownsgesicht, wie früher, als ich klein war. Du hast mir erzählt, dass ich die ganze Zeit Clowns malte, hübsche kleine Clownsmädchen, so blond wie ich. Hübsche kleine Clownsmädchen mit großen Mündern.

Das Blut läuft mir übers Kinn. Ein rotes Rinnsal breitet sich in meinen langen blonden Haaren aus. Schön ist diese Fleischfarbe. Ich schaue mich im Spiegel an. Das kleine blonde Mädchen schaut mich auch im Spiegel an. Es ist da, hinter mir.

– Du bist wiedergekommen!

Sie antwortet nicht. Ihr Blick sagt mir, dass in meinem Gesicht etwas fehlt. Mein neues Bild zeigt noch nicht ganz genau, was ich bin. Man darf das Äußere nicht so verfälschen. Ich habe nie ein glückliches Gesicht gehabt, da wirkt dieses Clownsgesicht verfehlt. Also drücke ich die Spiegelscherbe unter meinem linken Auge in die Haut und ziehe eine lange, gerade Tränenbahn. Dann unter dem rechten Auge dasselbe. So ... So ist es schön! So ist es gelungen! Ich bin ein trauriger Clown, aber einer, der lächelt. Das kleine Mädchen schaut mich an, und jetzt lächelt es auch.

Jetzt läuft viel Blut, das ärgert mich. Ich schüttle mich. Jetzt ist das ganze schöne weiße Zimmer voll Blut. Das tut mir Leid für das Zimmermädchen. Da wird es ganz schön rubbeln müssen. Blut geht nicht leicht raus. Das Rot wird erst braun, dann gelb. Ich schüttle mich noch ein bisschen. Es brennt immer stärker. Ich brauche Abkühlung. Ich muss Luft schnappen. Ich muss meine neue Schönheit vorzeigen, meine neue Hässlichkeit. Mich hält es nicht mehr im Zimmer. Ich bin allzu neugierig auf die Reaktion der Leute, wenn sie mich gleich sehen. Ich bin ganz nervös. Scheiße! Das Brennen hört nicht mehr auf.

Aber wo soll ein trauriger Clown hingehen? Zum Vergnügungspark natürlich, La Ronde. Ich will zum Vergnügungspark. Dort ist mein Platz, bei den Tieren und Zirkusmonstern. Ab heute bin auch ich ein Monster. Ein hübsches kleines Monsterchen, dünn und gelehrig, das zugleich weint und lacht. Ein doppeltes Gesicht.

Ich gehe aus dem Hotel hinaus und die Rue Sherbrooke hinunter. Viele Leute sind um diese Tageszeit in der Gegend nicht unterwegs. Die meisten sind wohl mit Liebe oder Krieg beschäftigt. Schade! So erfahre ich nicht, welche Wirkung ich habe. Ich gehe. Das Licht der Straßenlaternen funkelt stark, wie Bühnenscheinwerfer. Als würde ich eine Show aufführen, als wäre ich ein Big Rock Star. Ich biege in die Rue Amherst ein. Ich will Leute sehen, aber die wenigen, denen ich begegne, sind Langweiler mit betretenen Gesichtern. Sie sehen schlimmer zugerichtet aus als ich. Immerhin trauen sich die Junkies nicht, mich anzubetteln. Ich denke, dass sie ganz hinten in ihrer klebrigen Wolke die Geschichte begreifen, die in mein Gesicht geschrieben ist. Ich gehe weiter: ein Schritt, zwei Schritte, drei Schritte. Es brennt. Ich bin benommen, aber ich gehe trotzdem weiter. Ich bin nicht allein, das kleine blonde Mädchen ist bei mir. Es lächelt. Es sieht aufgeregt aus. Es ist ungeduldig, es freut sich auf den Vergnügungspark. Als ich klein war, da habe ich mich auch immer so darauf gefreut. Auf die Karussells, die Achterbahn und das Riesenrad. Mein Stiefvater versuchte die ganze Zeit, Teddys für mich zu gewinnen, aber vor allem, um anzugeben. Er war imstande, unter den entsetzten Blicken meiner Mutter einen guten Teil seines Lohns zu verschleudern, um ein schauriges Plüschbärchen zu gewinnen, das dann sowieso in der feuchten, staubigen Garage landete.

Als ich in der Rue Papineau ankomme, sehe ich unten die Jacques-Cartier-Brücke. Sie sieht aus, als würde sie unter dem Gewicht der Sterne zusammenbrechen. Sie funkeln heute Abend superhell. Meine Großmutter muss da oben sein. Sie funkelt jetzt auch, in diesem Augenblick. Sie ist sicher glücklich, weil meine Schönheit jetzt nicht mehr mein Verderben sein kann. Sie ist sicher stolz auf mich, falls sie mich sehen kann, ihre Augen sind ja nie besonders gut gewesen.

Es ist eine schöne Sommernacht. Eine sehr schöne Sommernacht. Sicherlich fühlt sich meine Großmutter im Himmel wohl. Da oben ist es wahrscheinlich schön kühl. Ich gehe über die Brücke, auf dem Bürgersteig. Je weiter ich komme, desto unverbrauchter wird die Luft, desto bewegter ist sie. Das tut meinen Wunden gut. Das kleine Mädchen ist immer noch da, an meiner Seite, und lächelt mir zu. Wir gehen beide Hand in Hand miteinander über die Brücke, wir gehen rasch voran. Ich fühle mich nicht mehr allein, das ist gut. Sehr gut ist das. Als wir die Hälfte der Brücke geschafft haben, sehe ich die Lichter vom Vergnügungspark. Die meisten sind erloschen. La Ronde schließt schon. Oh nein! Das darf nicht sein! Ich wollte doch aufs Riesenrad, die Sterne berühren, das kann ich jetzt nicht mehr. So ein Missgeschick, das halte ich nicht aus. Mir misslingt immer alles. Ich habe mein Leben und die Ereignisse überhaupt nicht in der Hand. Es kotzt mich an. Ich muss die Sterne berühren. Meine Großmutter soll doch mein neues Gesicht sehen, aus der Nähe. Ihre Augen sind nicht gut. Noch ein Missgeschick kann ich nicht ertragen. Vielleicht komme ich zu den Sternen, wenn ich ins Wasser unter der Brücke springe, und meine Großmutter kann mich dann sehen. Der Aufprall meines Körpers im freien Fall auf der Wasserfläche wird hart sein. Aber das ist nicht schlimm, denn je mehr Schmerzen ich habe, desto näher bin ich den Sternen, glaube ich. Los, jetzt ist der Moment gekommen. Ich muss mich beeilen. Es bleiben schon Autofahrer stehen, um zu sehen, was hier passiert. Los, ein Sprung in die Luft, und ich rühre an die Sterne. Ein Sprung in die Luft, und ich bin wieder bei meiner Großmutter.

Epilog

Die Narben sind fast nicht mehr zu sehen. Die Geschichte erlischt allmählich in meinem Gesicht. Wenn das Glöckchen ertönt, bitte umblättern. Das Buch ist geschlossen. Cinderella bleibt zerbrechlich wie ihr gläserner Schuh. Sehr zerbrechlich. Man hat sämtliche Spiegel aus ihrem Palast geholt, sämtliche Messer aus den Schubladen, für alle Fälle. Man muss Prinzessinnen misstrauen, sie sind nur Zeichentrickfiguren. Sie sterben, aber in der nächsten Szene sind sie wieder lebendig, sie heiraten und kriegen viele Kinder. Ich glaube nicht, dass ich welche haben werde, Kinder, jedenfalls vorerst. Das hat mein Psychologe mir geraten, tief aus den Tiefen des Sessels. Sie hat mir das geraten, denn mein Psychologe ist eine Frau. Eine schöne Paten-Fee, die sich bei Jacob und Gap einkleidet. Sie hat große Augen, wie in einem japanischen Zeichentrickfilm, und eine weiche Stimme, die sich wie eine Hand auf meine Schädeldecke legt. Eine schöne sanfte Stimme wie ein Sternengesang. Denn die Sterne singen. Ich weiß das. Ich habe sie an einem gewissen Sommerabend gehört…

Und Prinzen gibt es auch. Nur dass sie nicht zwangsläufig auf einem weißen Pferd geflogen kommen, sondern im Überlandbus, wie der Sex-Engel mit den gebrochenen Flügeln, den ich getroffen habe, als ich aus dem Krankenhaus kam. Und sie tragen auch keine glitzernde Kleidung, die nie schmutzig werden kann. Nein. Sie können kratzige Pullis tragen und vergessen, sich zu waschen, aber das mindert das Märchenhafte absolut nicht. Und wenn man mit geschlossenen Augen nackt neben einem Prinzen im Bett liegt, dann fällt einem der Unterschied gar nicht mehr auf.

Marie-Sissi Labrèche

Sexy und einfach unverschämt.

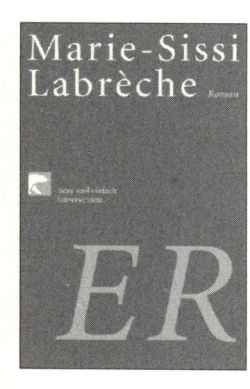

Marie-Sissi Labrèche
Er

Emilie-Kiki ist 26 und liebt ihren Professor Tcheky K. Er ist dreißig Jahre älter, verheiratet und hat drei Kinder. Der Sex ist nicht besonders, dennoch fiebert sie den wöchentlichen Treffen im Hotel entgegen, obwohl sie nie weiß, ob er wirklich auftauchen wird. Trotzdem will sie ihn um jeden Preis halten und beginnt ein perfides Spiel um Liebe und Abhängigkeit, bei dem alle Mittel erlaubt sind.

»Dieses Buch lässt einen nicht los.« *Frankfurter Rundschau*

Berliner Taschenbuch Verlag
Weitere Informationen: www.berlinverlage.de

Jennifer Vanderbes

»*Eine aufregende Lesereise ans andere Ende der Welt.*« Woman

Jennifer Vanderbes
Osterinsel

Die Engländerin Elsa Pendleton begleitet ihren Mann, einen Anthropologen, im Jahre 1915 auf die Osterinsel. Die Pflichtehe der Pendletons scheitert an gegenseitigem Betrug. Sechzig Jahre später kommt Dr. Greer Farraday, eine amerikanische Botanikerin, auf die Osterinsel, um alte Pollenformen zu erforschen und ein neues Leben nach dem Tod ihres Mannes zu beginnen, eines Mannes, der sie in jeder Hinsicht verraten hat. Für beide Frauen wird der Aufenthalt zu einer Lebenswende.

»Man erfährt so viele Details über die Osterinsel, dass man beginnt, über eine Reise dorthin nachzudenken.« *Glamour*

Berliner Taschenbuch Verlag
Weitere Informationen: www.berlinverlage.de